佬文青：懶得唏噓

李偉民

序

我做了一個夢，可怕卻又從容。

坐在一個空空的水泥房間，竟然抽起煙來，而且還是婆婆年代的手捲煙絲，Amber Leaf 來的。

房間只有一扇窗，卻被厚厚的玻璃封住，隔絕了我和外面的世界，聽不到窗外半點聲音；漫不經心地，我的靈魂活着，但軀體開了小差，不知跑到哪裏去？

沒有任何人在身邊，是最不寂寞的剎那。近距離的人，往往，最陌生；窗外不停的有人呼喊，聽不到他們半點風聲，但這是最好的溝通。

外面的平行空間，如畫家 Salvador Dali 的虛幻國度，混沌紛亂，人們在溶掉，一切東西向下沉，彷彿世界末日。

一個人，才是最美麗的宇宙，外場地方，喧鬧、蕪亂、無規矩的人間，教我活夠了，只想靜下來。

往事，快樂的、痛苦的，所經歷過的細節，再次在腦海內閃現。忖思，是大度的能量。

窗外的世界：有小孩子出世了、有老人家死

掉、有中年漢臥病在床、有情侶步入教堂、有少女隻身坐飛機去雷克雅維克、婦女們在吵架、青年們在拗撬械鬥⋯⋯

孤寂，咎由自取或強加身上的，是智慧的最佳催生劑，和亂世共處，學會了灑脫，起碼是心境的湛寂，才能觸景生情，可以無動於衷。順應天命的真理，是面對天降橫禍或地緣紛爭時，不慌不忙。一口、一口，把嘆息吞下去。

從不確定中找到確定，從非幸福中得到幸福；見怪不怪，世事往往是黑白灰，冷眼看窗外，那鬼滅世界⋯⋯

懶得唏噓⋯⋯

李偉民

2023

目錄

第二章
我事

我
人

顧嘉煇：我和他的晚年情誼故事

2023 年，葉落，落滿天。消息傳來，音樂大師顧嘉煇殞落。他是香港的英雄，沒有他，沒有香港過去音樂的光芒。

我的心，七零八落。

事情巧合得有點玄機：在 2013 年，朋友和我想建立一個 YouTube 文化平台，邀請了「煇哥」來到我的辦公室，接受訪問。晚年，他很少答應訪聊，還一個小時呢，感謝他「錫」我，才應承。當時，大師「言無不談」，有些內容太坦直，我們主動刪掉。但是，大家都忙，這平台的事情，不了了之。前陣子，我發覺儲存這個訪問的 CD-ROM 也發霉了，氣壞；突然，藝術發展局 Angela 找我：「你可以找到顧嘉煇先生嗎？藝術發展局想訪問他，給香港留下珍貴的紀錄，向大師致敬！」我說：「煇哥已隱居在溫哥華，很難再見任何外人。『剛剛遇着啱啱』，我有這個訪問片段，我問問兩位朋友 Richard 和 Takkie，如果他們同意，便把 CD-ROM 送給藝術發展局吧，可拿去復修！」過了個多月，Angela 告訴我，他們很高興接收這「禮物」；兩天後，竟收到噩耗，大師走了！離世時，92 歲。

2015 年，顧嘉煇退休，同年，他獲得政府的金紫荊（GBS）星章榮譽；這件事情上，我想說一個故事，用以感謝一個現已退隱的政界長輩。

在煇哥退休的前後數年，我和他常約在北角城市花園酒店

coffee shop 聊天；下午茶時分，那裏沒有多少客人，但是，落地
玻璃牆外面，街頭有賽馬會投注站，老百姓熙來攘往，和煇哥的
心境恬靜，成「橫尾忠則」似的迷幻對比。

　　煇哥住在北角半山，來城市花園容易；他時間觀念很強，常
常早到，一個白髮老人家，衣着低調，暗灰的顏色，坐在遠遠一角，
靜靜地玩手機，不認識他的遊客，哪知道這位身材細小的長者，
原來是香港的音樂偉人。我忙，喝完茶，沒有時間送他回家，他
上了 taxi，抱着我送的大袋小袋零食，手不知道從哪處伸出道別。
慈祥的笑容，煇哥從來不吝嗇。他的離別側影，至今，仍在腦海
屢屢浮現，好內疚，對他不夠體貼。

　　沒有機緣在煇哥「最紅」的 70、80 年代交朋友，首先，我們

年紀差別很大；另外，我也不屬於他身邊五光十色的娛樂圈；最重要的原因：他盛年時忙得食不暇飽，身邊圍了一圈圈的人，我這小子，恐怕動武也擠不進去。大概廿年前，我當藝術發展局義工時，在香港管弦樂團的音樂會認識了輝哥，兩個「雞啄唔斷」，於是，有幸成為他本來「大纜都扯唔埋」的朋友。

面前的輝哥喝了一口茶：「熱鬧，是表面的，大家都是為了工作；寧靜最難得，也是我最享受；能不見的人，便不見。」我問：「那段日子，你最懷念哪個人和哪首歌？」無論何時，輝哥的笑容總是靦覥，他笑：「黃霑。我的曲，有了他的詞後，那首歌，便會猶如『骨和肉』連在一起。其實，我許多歌曲的音調，為了『曲詞合一』，黃霑會叫我如何改動，只有他，有這個音樂修養跟我一起『困』。《上海灘》的成就，便是我倆腦袋合體；當黃霑和我討論歌詞的時候，談的，其實是人生。歌曲嘛？應該是《忘盡心中情》！」我笑起來：「歌詞寫道：『昨天種種夢，難忘再有詩，就與他永久別離，未去想那非和是。』你喜歡這首歌，因為掛念黃霑嗎？」他沒有回答：「你說『是』，就由你『是』吧！」我明白的：藝術家，如歌詞所說「赤軀隨遇」及「那非和是」，都不想具體地限制自己作品的演繹；隨人的共鳴，才是最好的。

水流走，上天，雲亦在。輝哥告訴我的一點一滴，仍在心頭。輝哥謙虛：「我的一生，只是『好彩』！」戰後，他從內地來香港謀生，在 50 年代，少年的他，因為歌星姐姐顧媚的關係，認識了她的男朋友花顯文，並跟隨他學琴，久而久之，輝哥成為仙掌夜總會（位於今天的告士打道六國飯店）的樂師。他回憶：「晚上，別人輕歌曼舞時，我當伴奏。原本以為結婚、生仔，就這樣走完

人生！但機緣巧合，世界頂級 Berklee College of Music 的校長看到我在夜總會的演出，說我是可造之才，免收學費，但要去美國修讀，我如何維持家中生計？那時候，我已有了小孩子。幸好，恩人歌星方逸華介紹電影大亨邵逸夫給予經濟支持，鼓勵我飛去美國追尋音樂夢。」我大笑：「命運憐愛『音樂大師顧嘉煇』！」他害羞的時候，嘴巴閉上：「才不是呢！出道的時候，別人嫌我麻煩，常常搞錯我的『煇』字為『輝』，害得他們要改來改去（煇哥是廣州的書香門第，父親才懂挑用這般冷門『火』字部的『煇』）！其實，在我心目中，真正的音樂大師是《不了情》、《今宵多珍重》、《南屏晚鐘》的作曲家王福齡。他 50 年代從上海來香港，80 年代逝世，在他紅的年代，我只是小子，作的第一首歌《夢》是他指點出來。可惜那時沒有『版權費』這回事，音樂人收入也不多，大家極不重視作曲家，更不會頒授甚麼獎項。很痛心，時代沒有給他 recognition！故此，我擁有的，只因我『條命』好咋。」這番話，我謹記在心，後來，機會到來，我協助了煇哥得到他應得的社會地位 recognition！

三十六陂，無論吹春風、飛細雨，煇哥溫文如故。他說：「我人生的第一個階段是在夜總會度過，沒辦法，亂世人，生計最重要，第二個階段是 TVB（無綫電視）。60 年代，從 Berklee 唸完音樂回來，白天，去邵氏（香港最大電影公司）當兼職配樂；晚上，回夜總會工作。後來，蔡和平找我入 TVB『幫手』，做音樂總監，我答應了，報 TVB 老闆邵逸夫之恩嘛；於是 TVB 的電視劇集主題曲由我負責。」我拍拍他：「因為你『有料』……」他張大細眼：「『邊度係呢』！所謂『時勢造英雄』！當時，真的是天時、地利、

人和：70、80 年代，大家沒有其他娛樂，天天看電視，我的主題曲入了他們耳朵；而且，香港歌開始脫離廣府小調風格，加入現代元素，例如新派編曲手法，我『食正』中西潮流啫；最走運的，是因為我負責 TVB 的音樂，比別人佔優勢吧！當時，唱片大賣，有 budget 找來數十人的中、西樂團伴奏，現在，舊『套路』不容易啦！」我搖頭：「今天，電子製造出來的種種樂器聲音，總是『假假哋』！」

輝哥從來不讚揚自己半句，更不怕吃虧，中國人所說的「謙謙君子」，就是他。有一次，他拿一份和唱片公司的合約給我看，我覺得他吃了大虧，他泰然自若，溫和地說：「看看將會怎樣吧？現在『得個知字』。」

友誼，不用吃喝熱鬧，更不用多見；當偶爾看窗，雲經過，使你想念一個人，那人便是你的真正朋友；輝哥和我沒有太多共同朋友，生活圈子也非一樣，我們聊天，經常只有他和我兩個人，但是，他是我非常掛念的老人家。

近年，輝哥長居加拿大，我懶，沒有飛去探望，因為時差，打電話不容易找上，我會打電話給 Danny（他是待人以誠的好女婿），問問輝哥在加拿大的情況。有一次，Danny 請我去油街的一家酒店吃中菜時，為我接通電話給輝哥和輝嫂，他們在家打麻將，開心自在，輝嫂是開心果，永遠哈哈哈，很懂開玩笑，她和老公，永遠一凹一凸；拜拜時，我說了一句：「贏多啲啦！」天呀，竟成了最後的離別語。

我和輝哥在北角城市花園酒店的茶敍，很像世界名著《Tuesdays with Morrie》（《相約星期二》）的故事：中年學生定

時探望老教授，沒有激動場面，兩個人，恬靜地坐下來，談過去，聊人生；我就像哼着歌曲「滄海一聲笑」、「嘆十聲」……

在 2000 年，輝哥還沒有宣佈正式退休，但已退下音樂前線，香港和溫哥華「兩頭住」，享受人生。我趁機，在他脫離了忙到「頭頂出煙」的人生階段，介紹了香港舞蹈團認識輝哥，以大師的樂章編了一個舞劇，輝哥在策劃了概念後，具體執行交給徒弟。

公演當天，我陪伴輝哥去香港文化中心觀看，平時的他，聲色不動；但當天，我第一次看到「工作動感」的輝哥：他坐在 VIP 位置，表面平靜地欣賞，但手指卻一直在打拍子，猶如舞動着暗藏的指揮棒一樣，毫不鬆懈；當看到不滿意的地方，便疾速傾身告訴我如何改善，他的耳提面命，令我也認真起來：「好！好！還有數場表演，散場後，我一定轉告舞蹈團的同事！」哈，感覺他不是作為觀眾，而在認真工作，我也當上了小助理。這一次的回憶是難忘的，因為我看到輝哥 critical 的一面，而且，他的耳朵有如磁力共振掃描，就算是微小的差錯，也給他檢測出來。

輝哥說：「我的一生熱情，放了在繪畫和音樂。音樂，以往是我的謀生技能，現在不用靠它『搵食』，但我仍然喜歡研究音樂！」輝哥厲害了，作為老人家，卻是「電腦精」，有空便搜索最新電腦科技，創作音樂；他笑：「好多『作嚟玩吓啫』！沒有發表，例如我試用 XXX（他說了一堆我聽不懂的『Apple 電腦』名詞，自慚形穢）。」記憶中，他最後一首公開發表的純音樂作品《將軍令狂想曲》，好像是為 2008 年為香港中樂團演奏會新編的。

他告訴我一件趣事：「我為 TVB 創作的『新聞報道』節目的主題音樂，都用了幾十年，於是，建議他們停用我這首『嘟、嘟、

嘟⋯⋯』，並作了一首新的 background music 給 TVB。」我不同意：「嘩，你那首『嘟、嘟、嘟』音樂，是全港七百萬人的集體回憶；而且數十年前，你領先使用電腦做音樂，那層次，『醒神』到不得了。每逢聽到這『嘟、嘟、嘟』，大家知道香港 TVB 或台灣 TVBS 的新聞報道開始了⋯⋯」大師忍俊不禁：「對了，TVB 說這首音樂已成為電視台的 corporate identity，不可以更改，故此，沒有採用我的新曲；哈，期待將來別人能夠做出更好的主題音樂，取代我的『嘟、嘟、嘟』吧。人，總敵不過潮流的巨輪，我『工整』的東西，也許會敵不過 riffs and runs。」我呼籲 TVB 把當年煇哥的這首未曝光 news music 公開，作為向他致敬！

　　煇哥晚年愛繪畫，和我商量如何妥善處理他的畫作。我說：「先找畫廊朋友談談。」他在手機 loop 這些西洋畫給我看，多是寫生，很有意境。他笑：「做音樂，常要和人『交手』，我想安靜一點，還是作畫比較自如：一個人，『鍾意點就點』，只有顏色陪伴我，眼前看到的，都是美麗。」後來，專家和煇哥談過，她指出困難之處：「大師你的音樂形象太 powerful 了，全港市民都接受了你是『音樂大師』，如要換個『畫家』身份出現，只可以玩票，假設你的畫作得不到應有的關注，那對你太不公平了！視覺藝術，將是另一條費神跑道！」煇哥同意：「好呀！自己『得閒』畫吓；過去，我的音樂，都是給 deadline 逼出來的，也累了，不想在畫作上再 repeat 這一套。」

　　我覺得晚年的煇哥，只追求二字：恬靜。故此，不必要的找上門事情，「推得就推」，人，也不想多見。在煇哥孫女的婚宴中，他告訴我有出版社找他出自傳，有香港的、內地的。我已認識煇

哥多年，知道他的「脾性」，我説：「哈，千頭萬緒，先整理你的數十年照片吧！」他笑：「哈，整理舊東西，是一種恐懼。」其實，他的生活已隨心所往，沒有壓力。人生，當中沒有 deadline，便沒有推動力，但令人惋惜的，自傳一事，無疾而終。大師，沉醉於他的『樂齡宅男』電腦世界，那裏，輕輕鬆鬆，按一下鍵盤，便是大千世界。

　　2015 年，輝哥決定做一個紅館大型告別演唱會，跟着「榮休」。我為「橙新聞」寫了一篇文，簡述他一生的輝煌成就（可看連結： https://m.orangenews.hk/details?recommendId=83559，也在天地圖書出版的書《佬文青律師》登載了）。突然，某政壇長輩給我電話，她説：「我是輝哥的樂迷；看了你的文章，覺得輝哥那般偉大的成就，香港人必須通過政府向他致謝！」她是一個路見不平、拔刀相助的風雲人物。我答：「對呀，你看黃霑對香港樂壇貢獻良多，走了，社會竟無聲無息。」她問：「演唱會完了嗎？」我數數手指：「還有一星期。」她立即説：「給你兩天時間，整理好輝哥的資料，連同你的文章，快快給我。」

　　數天後，她再給我電話：「你可以邀請某政府長官去看輝哥的演唱會嗎？」我答：「好，我安排輝哥在演唱會和她見面！」終於，那天晚上，我如臨大敵，額頭冒汗，安排好所有的細節，我邊看邊向這位官員解説，顧嘉輝大師對香港流行音樂的浩瀚貢獻；我知道她是來「考察」；官員只是點頭，小心地不多言。同年，輝哥終於獲得了香港政府頒發金紫荊榮譽獎章；可惜，我「大頭蝦」，忘記介紹輝哥和我那位長輩見面，因為我的錯，輝哥和「俠士」此生緣慳一面。長輩和我那次的努力，慶幸沒有白費；當然，最

重要是輝哥實至名歸，才可得到這個超級榮譽。人生，往往是機緣巧合，說破了，成就是否綻放光芒，坦然地、釋然地，都躲不過上天的祝福或咒語；所以，我們每一個人可做的，便是做好人、做好事、多積福。

輝哥的離去，為我帶來傷感，往事一幕幕飄入內心，很不捨，必須在此道出感激。這一年來，太多長輩走了；生離死別，我已感受春夏秋冬。到底，活着，是「打斷你的腿，再給你一支拐杖」，推你再上進的過程；我，也漸覺疲累……

輝嫂及家人，生者要快樂呀；生命，花謝煙滅，讓我們把對大師的懷念，寄放心坎，以後的路，愛和他共在。

香港變化了，不再是一個 insulated box，而是大國的一部份，故此，要做「紅」本地音樂，只靠小城的熱熱鬧鬧，再不足夠，只能碰巧「時勢造英雄」，「食正」內地大市場，才可再出現另一位顧嘉煇。可惜，正如輝哥常常告訴我：「形勢大於人！」再來一次香港流行音樂的天時、地利、人和，絕不容易；故此，老師的成就，我大膽在此存照：「前無古人，後無來者」！

夜已盡，月未央；黯然，我尚神傷。想起 Timi Yuro 的歌曲《Interlude》：荏苒如夢；又想起 Alan Walker 的《Faded》：影隨光束在……更想起顧嘉煇……想起我們多年的善緣……我太多想起……

回憶，像按下傷患，但我堅持寫完這篇文章，選擇用文字，沉痛地向大師在此永別。

我認識的俠士古天樂「古仔」

古天樂，高大，冷峻的臉，稜角分明、鼻樑英挺，如一把會走路的軒轅寶劍，經過之處，一眾女士，應聲倒地；更罕有的，是美男子背後的「古」道熱腸、萬「古」長青；他想香港電影好、香港文化好！

基督教歷史上，有「殉道者」（martyr）這回事，凡因耶穌基督信仰而受苦殉道的人，皆尊為殉道者。如果香港電影是宗教，則巨星古天樂必然是殉道者；「殉道者的鮮血成了教會的種子」，古天樂流的不單是心血，還有他的血汗錢。

不理會市道多低迷，或別人勸告：「這部港產片有意思，但是沒有票房！」古天樂（我叫他 Louis）會答：「要重振港產片，最重要有人繼續『開戲』，大家有工做、有飯食，電影業才得以發展！」此子以身殉道。他說：「我儲蓄了一筆錢，足夠將來的生活，餘下的，會用來投資電影，因為我的財富來自香港電影、香港社會，所以回報兩者，是我的心願！」

西方野史上，有「白武士」（White Knight）這英雄，他是英國古代亞瑟王（King Arthur）的大守衛，叫 Lancelot，他的一生，勇敢地保衛皇室。如果香港電影是皇室，則古天樂便是白武士，頂天立地般熱血。

頗多電影行家，特別是年輕工作者，沒有錢開戲或「埋尾」的，去找「古生」（年輕一輩對他的敬謂），Louis 給多或少，必定會

支持。他説：「香港每年出品多一部電影，便可以協助本土的電影工業生生不息！」

感謝杜琪峯大導演介紹我認識 Louis，這個傳奇小子；天呀，快 20 年前的回憶。當時，他只是個紅演員，後來見證他成長：成立電影後期製作（post-production）工作室、投資拍「港產片」、成為香港演藝人協會會長、香港電影工作者總會會長、香港演藝學院院士；跟着，成績受到認可，獲獎無數，像亦舒小説的「家明」。連《梅艷芳》這般冷門的電影，他都願意和百老匯院線的老闆 Bill Kong 一起冒險，幸好不敗。Louis 説：「梅艷芳，是曾為香港演藝界作出貢獻的前輩，值得我們致敬！」

杜導演説：「幸好我們的電影業有古天樂這接班人，在他之後，香港再沒有亞洲級巨星；更難得他是紅星中，少數願意為電影的發展，出錢出力、『仆心仆命』！」Louis 平日忙到「甩轆」，邀請他吃喝，絕不容易，但是，為電影工業的活動，他爽快答應。

我認識的古天樂，簡直是「鐵打」的，一天到晚：拍戲、開會、「傾」劇本、見人、宣傳電影，真的為他健康擔心。晚上，回到家裏，還堅持看新聞、研究電影作品（他對於中外電影新作，瞭如指掌）、閱讀劇本……Louis 是超級負責的，你給他短訊，無論多忙，他一定給「省電模式」的反應，不耽誤你的工作。就算給他文字的東西，洋洋大觀，不用數天，他會電話回覆，説：「看過了，我的意見是……」Gosh，是詳細地 comb 過！

以往，還覺得 Louis 會花點時間搜羅 figures；現在，只見到他投入電影的時間愈來愈多，過分之多；他努力賺錢，例如拍廣告，便是為了有更多「彈藥」投入電影製作。他請大家吃飯的時候，

自己「起筷」不多，只忙於暢談電影看法。他說：「電影，除了是視覺藝術，也是一門養活很多人的香港工業，要維持這門工業，必須給年輕人機會參與，就算拍微電影也是好事，這才會有接班人。『開戲』，要有人願意投資，我希望找到更多資金，一起聯手，做活香港電影。」

億元大製作的《明日戰記》（Warriors of Future）是 Louis 近年的 baby，他的手機滿是電影精華剪輯，飯局中，凡有滿意的片段，便會給大家看看。他說：「目前香港的電影，由於市場和預算的限制，生活小品和警匪槍戰片居多，我希望冒險進取一點，試拍有水平的科幻特技片，為港產片開拓更大市場！」隨着歲月，他從英俊小生蛻變成為電影推動者；處事，愈來愈練達；觀點，愈來愈審時度勢。

以上是多年感受所得，嗯，絕無「收受利益」，否則，「楊乃武與小白菜」好了！如果，古天樂的生命是一個湯碗，而電影是湯，這位仁兄，可以一日三餐捧着湯碗喝！

Louis 的地位，當然叫他說話要嚴謹，他不多言，就算要說，也婉轉；只怕他日積月累，既要打理自己，又要照顧眾多的範疇，「谷埋谷埋」，哈，終有一天變成超級宅男、XL 悶蛋！除了電影，他的生命還是電影、電影……

《明日戰記》是古天樂的勇敢嘗試，為香港電影打開另一扇窗，香港人要支持它，使它成功，為香港電影帶來更多片種、更大市場、更多資金；因為 Louis 這「俠士」絕不會把利潤留在口袋，他的性格像劇孟和季布，行俠仗義，只會花更多金錢在電影的生產線，直至最後一槍！

《明日戰記》歸類為科幻特技片，故事講地球經歷戰亂和生態被破壞後，樂土變成混沌；此時，外星入侵物種「潘朵拉」繁殖，把人類推向滅絕邊緣。觀眾要求精彩刺激的視覺效果，會很滿意。演員方面，則張家輝「太演」、劉嘉玲「太不演」，其他的也理想。當然，荷里活這類科幻電影的製作費是十多億，我們只有數億；目前的水平，絕對是港人的光采，因為以亞洲電影來說，我們足夠站在前位。

　　懇請全城支持古天樂的無畏嘗試，為香港電影打開血路！最初，聽到《明日戰記》在內地的票房不夠理想，寒氣傳遞給我們每一個人，幸好，我去柴灣看夜場，竟然全場爆滿；而且，還是一些扶老攜幼的家庭，為的，是支持古天樂的香港精神！古天樂，一個男兒漢，冀望他的精神生命比軀體生命長！He was a boy. He is a man. He will be a hero.

　　香港電影業，目前最缺乏是拍戲的資金，如有任何妥當資金，請告之，待我轉介業界！

林貝聿嘉：香港婦權第一代偉人

香港女人，何時從小丁香，變成鳳凰木？

年紀大了，穿透的，絕非可憐，而是可敬；有時，還撲鼻可愛。

老人家分四個不同溫層：健康和不健康、「長氣」和「不長氣」的。香港婦權運動第一代偉人林貝聿嘉（我叫她 Peggy 姐姐），1928 年出生，從 50 年代服務香港，努力不懈至今。她失笑：「老人家也有兩種：終生學習進步的，或故步自封的。大家要與時並進，合力改善香港，讓這個城市成為世界的榜樣！」

法國作家巴爾扎克（Honoré de Balzac）的小説《公務員》説：「一個溫柔的女人，能喚醒一座麻木沉睡的宮殿！」Peggy 優雅和藹，大家見到她，都想抱抱。我開玩笑：「你『靚足』90年，何時放手？」她很少運動，最愛聊天，卻「fit 到漏油」。她大笑：「夠了！我最近衣服都沒有添置。唉，最想去旅行，這個 COVID，把我有限的『青春』都搶走！」

Peggy 姐姐是香港的歷史巨人，經歷了 70 年的婦女運動，豁達爽朗的她，丈夫走了多年，仍享受一個人居住，不用醫生女兒照顧；幾年前，還自己開車到處去。她説：「哈哈，我晚上『煲』電視劇，自由自在到兩、三點！」財富對她來説，並不重要，她成立獎學金、向團體捐獻，律敦治醫院有「林貝聿嘉健康促進中心」，以表彰她的建樹。工作上，任何人有煩惱，必找 Peggy 解決，她是「笑佛」一名：「任何爭端，每人讓出一步，總能解決；當別

第一章
我人

人站在你面前，便正面看，何必走向他的背後？」

　　林貝聿嘉，是設計羅浮宮「金字塔」的知名建築師貝聿銘（Ieoh Ming Pei）的堂妹。1949年，她一個女孩留守上海，直至滬江大學社工系畢業，才坐船從上海來香港，和家人會合；Peggy碰上不少從商的機會，她都拒絕，專心一意為婦女爭取3件事：平等的「權利」（right）、「地位」（status）和「機會」（opportunity）。權利，是自由的護身符；地位，是受到尊重的座椅；機會，是改變命運的空間。她奮鬥一生，特別為婦女「家庭計劃」的工作，創造出「兩個夠晒數」的口號（此外，還有「家庭計劃，男子有責」，叫男人負責避孕），影響香港至今。早年，大量移民從內地湧入香港，男男女女，沒有避孕概念，一時間，人口迅速膨脹，房屋、教育等應付不了需求；Peggy改變了歷史，她致力推動家庭要有計劃，讓人口增長有秩序，家庭又可以減輕負擔，故此，有人稱呼她是「家計之母」。Peggy姐姐開懷大笑：「50、60年代，生5到10個孩子，『一家八口一張床』，是當時基層家庭的寫照；當女人變成『湊仔機器』，怎可以獨立起來呢？我人生觀是：女人的一切改變，來自經濟獨立，當每個月要攤大手板問老公拿家用，女人的地位就會『原封不動』！」

　　Peggy的笑容像太陽穿透：「我不是甚麼『婦運之母』，我的恩師李曹秀群（Ellen Li）才是，她是養和醫院家族的媳婦。1938年，她創辦香港中國婦女會，救助被戰爭摧殘的婦女，她的一生，不斷為香港女性爭取權益。60年代，更成為立法會少數女性議員。約1971年，她成功爭取廢除『納妾』制度，香港男人要尊重『一夫一妻』制！2005年，她離開人間。當年，Ellen鼓勵我留在香港，

為社會貢獻，不然，我去了美國唸 master's degree。我在 1955 年結婚，1957 年生了一個女兒。生命，就是偶然！」

我追問：「50、60 年代的香港社會，對女性很不公平嗎？」她吸了口氣：「罄竹難書！但經過我們的努力，不公允的事情，一件件移除：當年，男人可以討幾個老婆。女人結婚後，身份證必須加上『夫』姓；生個女孩，叫做『蝕本貨』，隨時轉送他人。娼妓更非常普遍，說甚麼『笑貧不笑娼』等歪理！」我想起了：「我家住灣仔，有幾個街坊把女兒送去酒吧、杜老誌夜總會陪酒賺錢……」Peggy 也憤慨：「數十年前，香港女性的地位『超』低，女孩子沒機會唸書或只唸到小學。男女又『同工不同酬』，女性少男性 30% 工資、沒有分娩假期，有些公司還開除懷孕的女員工。當妻子未能懷孕，或生個女嬰而未能『繼後香燈』，隨時被老公『休妻』！結婚初夜，如發覺新娘子不是處女，『三朝回門』時，丈夫不會陪同妻子在出嫁三天後，帶備燒豬回娘家祭祖（當時，『豬』是初夜的含意，例如『冇咗隻豬』），以示抗議。女人離婚後或是寡婦，便遭受歧視，很難再婚！」我送上一刀：「有一個前輩的爸爸更離譜，如果老婆生個男的，他會看族譜改名；如生個女的，便說叫做『來弟』或『阿豬阿狗』吧！」

有另一位女性長輩告訴我：「我的父親『重男輕女』，凡是女兒，都用舞廳舞女的藝名作為名字，讓媽媽難堪！」

Peggy 感觸：「那年代，女人出來做事，叫『拋頭露面』，唯一的工種，便是『打住家工』，當女傭的叫『媽姐』，要 24 小時照顧別人家庭，沒機會拍拖；所以，很多都『梳起唔嫁』，單身終老。」我插嘴：「40 年代，有錢人可以『收買』小女孩，當『童

養媳』，早點入門做家務；或收買窮家女做丫鬟，叫做『妹仔』或『住簾妹』；我認識一位老人家，女傭從 18 歲照顧他們家族，直到老死，走時，還把所有財產送給主人的子女！」

Peggy 説：「我想起了，許多的商會和會所，都性別歧視，例如 Hong Kong Club 拒絕女性入會、香港賽馬會沒有女性會員，太太或女性，只能安排為男人的『附屬會員』；當時，男權主義充斥，已婚男性會員竟然可以提名情婦為附屬會員，把太太的福利送了給別人！」

我好奇：「那麼，香港女性地位的 breakthrough 是甚麼因素？」Peggy 拍拍自己的手袋：「哈哈，經濟獨立！ 60 年代，香港成為亞洲『四小龍』的輕工業中心，到處都有製衣、原子粒、玩具等工廠，分佈在北角、鰂魚涌、新蒲崗各區，年輕女性輕易找到『工廠妹』的工作。她們婚後，為了養家，許多依舊做工廠。這個改變，是 revolutionary 的。當實行家庭計劃，一家只有幾口，女人便有機會出外工作，不用做『伸手大將軍』，自己有錢，可以養家、讀夜校、消遣，甚至買樓，這些一切一切，改變了香港女性的命運。今天，女性普遍受過高等教育，她們經濟自主，在眾多方面，比男性更強！」

我有所領悟：「有些年輕人告訴我，他們拍拖，是 girlfriend 付錢埋單的；有些又不介意找年紀大的女性，作為老婆；有些結婚後，變了『住家男人』，打理家務；有些離婚時，還可以分太太的家產……嗯，世界真的變了，對我來説，非常陌生！」

Peggy 莞爾：「以往，老人家（就算女的）走了，財產只會留給兒子或男孫，女的沒有權益；今天，父母很少把女兒如『特

約』般看待。」我開玩笑:「你有甚麼財產留給我們這些好友?」Peggy 是一個好玩的 bosom pal,她笑:「有,我最想有人接管我創立的灣仔體育總會,你來吧?」我倒在地上:「我也『老到心口』,你找別人吧,哈哈……」

Peggy 的父親是蘇州人、媽媽是香港出生的廣東人,親戚們一半在香港、一半在上海;她有兩個哥哥、一個妹妹,童年回憶是 30 年代上海「英租界」的繁華。媽媽思想前衛,對她說:「誰說『女子無才便是德』?你要大學畢業。」Peggy 喝一口熱檸茶:「我經歷過 1937 年的日本侵華戰爭,也經歷過 1945 年的『國共內戰』,當一個國家如果沒有富強起來,便受到欺凌,我和很多人一樣,既愛香港,也愛國家。」

Peggy 是香港 60、70 年代無人不識的婦女 Icon,非常「摩登」;1961 年,已擔任香港家庭計劃指導會總幹事,直至退休;她走到哪裏,市民都會以「林太」稱呼她。她還創辦了婦女團體、學校,長期在灣仔做地區工作,跑馬地天樂里的路旁著名「金龍」雕塑、駱克道及軒尼詩道大量植樹、創立環境運動委員會(ECC),都是她的功績;故此,有人又叫她「灣仔之母」和「環保媽媽」。除了 GBS、OBE、JP 等榮譽勳銜,她更擔任過多屆灣仔區議會主席和立法局議員。

我問:「Peggy 姐,你記得嗎?香港女性解放的另外一個 milestone,你和我都有份貢獻!」2001 年,香港政府破天荒成立婦女事務委員會(WoC),我和 Peggy 都是委員。她淺笑:「這是我在立法局動議要求政府引入聯合國《清除對婦女一切形式歧視公約》的成果,後來我們更爭取到政府同意,在所有委員會,

要委任不少於三分之一的女性！」自此，所有機構或組織，都有女姓的聲音，如果看不到有「7:3」的男女比例，便初步顯示這機構有「性別不平衡」的現象；這「7:3」建議，成為當今社會男女次元的最低 benchmark。

Peggy 語重心長：「但是，女人今天要擁有三寶：能力『自強』（self-empowerment）、經濟『自立』（self-reliance）、做人『自重』（self-respect），香港女性才算真真正正解放自己！」

我問：「第 3 點『自重』是甚麼意思？」

Peggy 感慨萬千：「有些女孩子過了『火位』，以為男女平等便是跟男人做同樣不良的行為，包括吸煙、酗酒、粗言穢語、虐兒、猥瑣暴露、販毒等等，這些，都是缺乏『自重』的行為；自重，便是懂得先尊重自己，別人才尊重你！『男女平等』的意思，不是一起做壞事！」

對，男女平等，應該是男人不欺負女人、女人也不欺負男人；女人身邊的男人，除了是親人、丈夫、戀人以外，嗯，更可以是「姐妹」、「兄弟」，何用大驚小怪！人類，最可怕的，不僅是戰爭炮火，還有男女之間的性別戰爭！

我家下面的山坡有一棵芒果樹，不知道當年是誰種下的，但是，我們有芒果吃，感恩於某人；前人栽樹，後人乘涼。我不想 Peggy 姐姐成為無名英雄，故此，今次把她的一生故事寫下來，讓香港的女性向她致敬。

清洪：「佛觀」大狀

　　至今睡夢中，仍夢到大學的考試，答錯兩條題目之際，監考員板着臉：「Time's up! Pens down!」嚇得「一額汗」。當年，法律系側重背記，我擁有智慧，但沒有「記性」，想到「磨爛蓆」往死裏唸，每每驚起一灘鷗鷺。

　　我和法律好友，貌合神近，只因一句話：「剛直奉公」，見到今天香港社會的「嬲嬲嬝嬝」，頗多人亂來，心便悶痛。我們當律師的，更易嫉惡如仇。

　　香港打官司的「殿堂級」大律師叫清洪（Cheng Huan），外號「金牙大狀」，是我們頂尖同行，打過無數舉足輕重的案件。有些資深大律師，非常主觀；清洪很民主，他聽取團隊的觀點，才總結看法。有句話，叫「四両撥千斤」，就是他；在法庭上，清洪心平氣和，語氣像和法官聊天；強於「盤問證人」的他，平淡的問題，其實是迷魂陣，講大話的人，尾巴會給他夾着。看他出庭，如看表演。

　　他是我九十年代認識的、三十多年的朋友；大家都忙，不常見，但見到面，話題聊不完：談法律、藝術、寫作。他是 art collector，數十年了，眼光獨到，如打麻將，鋪鋪滿糊。他輕鬆地笑：「年紀大了，只想『欣賞』，不再想『擁有』；擁有，在回憶，已足夠，手上的藝術品，賣給有心人吧！」

　　法律界，有一萬多人，有些，曾是好同學，但時光荏苒，未

曾碰面。有些，如清洪，本是「跨代」往來，但是緣分，在公在私，總把我們抱抱揉揉。

數年前，我去了仰光，看過他面對金光閃閃 Shwedagon Pagoda 的房子，他想度假時，天天望佛塔。這前輩，卻不願帶走一片雲；我明知故問：「緬甸很亂，還不賣掉房子？」他翻白眼，笑道：「管它動亂；買的時候，只想看到大金寺，將來誰人接管我的房子？命也；誰有命，便拿去吧！」清洪篤信佛教，在辦公室、在家裏（更是一個大房間呢！），都有祭壇、大大小小的佛像，天天拜誦，我不是善信，但感到安靜。

清洪托着頭：「世事，往往是一個圓圈，開始，會變成終結。我生於 1947 年；約二十年代吧，嫁到馬來西亞的阿姨回福建，不知甚麼原因，把我父親領養，姓氏從『顏』改為『葉』（Yap），我父親在家排行第六，從廈門上船去了馬來西亞後，變成『長子』。我在馬來西亞出世，父親很會做生意，他在 rubber plantations（橡膠園）建房子賣給人，家境算可以吧，我感激父母。我是六子，上有四個姐姐、一個哥哥，下有兩個妹妹；唉，二姐已走了！我的童年，幸福愉快，無苦無怨。爸媽的信仰是 Taoism（道教）和 Chinese Buddhism（中國佛教），我那時以為：『佛教與我無關！』當年，中上家庭都把子女送去西方宗教學校，唸 Methodist school 的我，過着循規蹈矩的生活，心想：『聖經』才是真理，考 O Level 試時，Bible 成績還是 A 呢。由於讀書不錯，中學畢業後，被送去倫敦唸大學。誰料到，父母篤信的佛教，反而是我一生的信仰。」

清洪愛喝美酒，嚐了一口：「London，改變了我；那裏，有許

多售賣舊東西的地攤，令我愛不釋手；日久，甚麼古董和藝術品都喜歡，到了現在，算是半個 art collector 吧！我叫自己 magpie（鵲），這小雀有收集癖，甚麼東西都藏起來。」

清洪把雙手放在大腿：「在英國，我有兩個好朋友是 Sikkimese（喜馬拉雅山下的小國，錫金邦，七十年代被滅國，成為印度一部份），受他們影響，我信奉了 Tibetan Buddhism（『藏傳佛教』，或俗稱『喇嘛教』），相信前世今生的 Karma，苦和樂的報應，這信仰直到今天。我現在追隨大師 Master Zurmang Gharwang Rinpoche，他是 Karmapa lineage（噶瑪巴傳承人）。」我和清洪熟絡，問：「生命真的是苦海？」他反弄：「快樂，有真有假的！」

由於宗教的垂範，清洪代表着一個字「kindness」。他的 kindness 可分內和外。在外，他教我們「wear a smile」及常說「Could I help you？」。他常說我有潔癖，因為我對沒有「底線」的人，面孔是真的。而內心呢，清洪「老師」常說：「Forgive and forget. Walk a mile in their shoes（穿他們的鞋走路，忘記、原諒）！」我的壞嘴巴又來：「帽，綠色以外，可以用別人的，但別人的鞋，怎穿得下？」在個人修養方面，清洪教導：「Face yourself and go big！」多年來，他海納百川，別人多壞，他都接納為朋友，別人多煩厭，他閉目吸一口氣，笑笑，便忘記；一般骨肉，一般皮。

他和教友，捐建了一家佛舍，在銅鑼灣百德新街，他的乾親 Bernard，帶我去過一次，窗明几淨、莊嚴和祥。各種宗教的堂、寺、廟、殿，對心靈污垢的清除，太重要了！清洪叫：「多點上去，對你有益！」可惜，蟬過別枝，我有其他信仰。

我和清洪的第二個緣分又來了：他加入「天地圖書」的大家庭，成為這家崇高出版社的作家；在天地，我是他的「師兄」，1995 年便出書。我們在書展的講座，安排在同一天；我又搞事：「CH，我的觀眾給你搶了！」果然，他的講座擠滿城中名人、法官、大律師；而我，「獨唱獨酬還獨臥」。不只此也，清洪勤力得要命，多次去書展為讀者簽名，我投訴：「別『搏命』了，別人只圍着你轉！」他鼓起腮幫子：「來點良心吧，天地圖書花錢為我們 promote，你還懈怠？」

對於金錢，這位大律師前輩放得開；我奇怪，有些人的錢，三代也吃不完，還想貪更多更多。他笑：「心情好的時候，賺少點錢有何相干？心情壞透時，錢要來，有用嗎？許多事，看開了，便能放下，一直要堅持的，只有一種，它的名字叫『快樂』！」清洪弟子的女兒要入小學了，正煩惱，因朋友之間，爭入名校；清洪彈彈手：「小朋友唸書，求學問、求快樂，如果名校代表財富和身份的比拼，便沒有意思！」

別人有難，清洪立刻出手相助，我們覺得他太慷慨，他眼珠左右滾，拍拍雙手：「好人有好報的！」法律客戶沒有錢，要他減費用，他認為值得的，二話不說：「Whatever 啦！I wish my client to be happy！」還盯住我：「有些案件，我會『吃虧』，但是，另一些案件，客戶好 generous，給我賺錢。善惡，都有因果的！」

清洪性情溫厚、對人坦白、不耍心眼。案件勝訴機會不大，他會跟客戶清心直說：「Bad case is bad case. I cannot please you with good news. If you know you are facing a bad case and so handle it well now, it will be the kind of good news that you want to get.（壞消息是案情不妙，好消息是我分析後，你可以早點處理）」所以，大家都信任他，因為他不單是卓越的大律師，更是一個對人真心的「梵衲」。

清洪的生日 party，總有一班城中猛人，乖乖地圍在一桌，安靜地為他祝賀，我看得出：這位前輩，贏得別人的愛戴。他的 chambers 聚會，老、中、青律師湧來湊熱鬧，大家見到清洪，有如回家探親；律師們的「寂寞流星群」，也溫暖起來。我戲謔：「好一個佛祖！」

有一天，我八卦：「偶像，你原名叫『葉清福』（Yap Cheng Hock），為何叫『清洪』？」他笑：「如果父親當年沒有『過房』？我本姓『顏』！唔……改掉『福』這個字吧，『葉』又不是我的真姓，於是保留一個『清』字，叫『清洪』！」我老子天下第一：「『氵』、『氵』，一定可以水源充足。」

我好奇：「你為甚麼當年唸法律？」因為他和我一樣，本喜歡寫作；他的答案和我的人生一樣：「我的科學科目成績不出色，但文科了得，為了將來有一份穩定專業，便去唸法律吧。1971 年，大學畢業後，我忠於原本的興趣，挑選了『揸筆』工作，擔任新聞編輯。在七十年代中，來了香港工作，當年的香港，先進又『好住』；後來，人生突然有了新想法，渴望建立自己事業，於是，最容易便是做回律師吧！我在 1976 年『掛牌』，成為香港的大律師！」

我想起清洪另一馬來西亞「老友」謝清海（Cheah Cheng Hye），也是我的舊雨，他是新聞工作者，目前任香港聯交所董事，本地龐大基金的老闆。清海對我們說：「如果香港能夠重現一家大

型出版社,讓我們再提起筆桿子,寫喜歡的東西,那多好!」清洪和我「舉腳」贊成,因為推動香港寫作風,是我們三個人的理想。

清洪從一個大律師,成為香港傳奇,法律界永遠掛在嘴邊的一個人物:馬來小子、文字工作者、法律專家、佛學導師、藝術收藏家,還有,還有,眾多的律師「仔仔女女」。清洪說:「生命的意義,不可能獨力創造;我的馬來西亞童年、英國少年,都是別人賜予的快樂,我的成就,也是香港幫忙的,所以,我們一群人、一群好人,攜手走出一條『顧己及人』的社會道路!」我和清洪服務過特首選舉委員會,不謀而合,我們相信「以事論事」的作風,不管空間多少,這是君子自強不息的人格。最後問他:「你人生美滿,有沒有遺憾?」他想了很久:「人生不應有遺憾。如有,那就是不懂得彈鋼琴。小時候,父母不送子女學音樂的;大了,又太忙,學不會。我常想:如我懂得彈琴,會更好地表達自己的情感!可惜!」

大悲無淚,大悟無言,大笑無聲。境由心造,退後一步,自然寬。

張灼祥校長：香港文化教育的弱點

「直升機父母」説：「最心痛是兒子大學畢業後，要面對『古靈精怪』的社會！」我笑：「試過、跌過、痛過，才學會做一個正常人。迴避光怪陸離的社會，只會製造出一個更『古靈精怪』的御宅族！」要減低跌倒的機會，年輕人應認識多些Jedi，請教學習；我鞠躬致敬的Jedi，叫「智者張灼祥 （Terence CC Chang）」。

張灼祥校長和我都是天地圖書的作家，他是前輩，我是小潑皮，他義不容辭，支持晚生；每逢我有講座，就算橫風橫雨，他都安坐我面前，內疚死我！

在教育界不認識張灼祥，就像在文化界不認識劉天賜。朋友説：「我知道誰是張灼祥！」指向台上一個高高瘦瘦的學者，白鬢白鬚，我嘿嘿：「你搞錯！那是劉天賜！」哈，誰叫他們樣子像兄弟，而最厲害的，是張校長「紅過界」，亦為香港知名文化人！

張校長每天看書、看電影、聽音樂，每逢書展，更天天去「打躉」。用「溫潤如玉、優雅恭儉」形容他，最貼切不過。他舉止穩重，但骨子裏，説話輕快得像春天的風鈴。

張校長是廣東梅縣人，戰後，跟隨家人來香港，父親是校長。小時候，家在上水的金錢村，他笑説：「金錢村多古樹，是當年拍電影的好地方，他們今次掛荔枝上樹，下次便掛上蘋果，非常搞笑！」60年代，張校長入讀拔萃男書院；畢業後，考入香港大學，再往美國進修。他揮舞手指：「哎呀，往事封塵。工作上，我做過

4 處的校長，包括青衣保良局八三年總理中學、屯門保良局董玉娣中學、沙田賽馬會體藝中學、2000 年至 2012 年的拔萃男書院。在任時，我大力推動文化教育。」我回應：「嗯，你是『非常』校長：既是一位名作家，也是電台的文化節目主持！」他感觸起來：「教育工作，太有意義！看着學生們成長，是世上最開心的事情。其實，我喜歡『當老師』多於『當校長』，校長一職，行政重於教學！」

我問張校長：「香港學校的文化教育是甚麼？」他想想：「香港的教育，以考試成績為主導、功利的家長為主君；當然，課本以內的東西，如歷史和文學，也包含文化；但是，更要緊的，應該是文化活動；教育當局叫這些做『課外活動』，對我來說，改善一個學生的文化修養，『課外』比『課堂』活動更重要。我當校長的時候，學校不時舉辦音樂、繪畫、戲劇的活動，甚至有崑曲、地水南音等欣賞。文化，是一個人的生活習慣、心靈的潤澤，和考試無關，絕對不要給學生甚麼 syllabus。」

他會心微笑：「我當教育局顧問的時候，曾經建議：『可否讓學生多一個選擇，例如作一首曲，代替音樂考試的 Q & A？又可否寫一個劇本，作為文學考試評分的一部份？』創意，令文化教育獲得真正的成果；可惜，大家都喜歡『規圓矩方』的簡單考核方法，沒有人理會我！」

張校長語重心長：「有些人把教育工作，看作一副機器，不斷『量化』目標；但是『質化』的東西，例如人格、美學和想像力，才是最深遠的。如果香港社會是惡俗的話，其一原因，是教育避開抽象的『心靈』牽動『心靈』，可惜！」

我問：「未來，香港人會培養出『文化生活』的習慣嗎？」張校長眉頭一皺：「社會太功利、太忙、太不喜歡思考。我有一個學生，在銅鑼灣開了一家文藝 coffee shop，最後，關掉了。另一個文青在旺角開書店，又倒了。文化生活，不應局限於『付費』的活動，如演奏會、話劇；也不應限在『指定地方進行』，如書展、藝術展。文化，應燃點每一天的生活；每件小事情，都可以和文化有關，因為文化不是甚麼高山巨石，它只是精神上的香料、心靈上的雞湯；舉例來說，園藝、烹飪、彈結他、閱讀，甚至找朋友弄一個『文化沙龍』，也是生活文化，最重要是『燥熱』的你，有沒有每天抽點時間靜下來，尋找一些非為『搵錢』的活動，從而得到思想上的啟發、感情的抒發？今天，大家愛談『文化經濟』或甚麼『文化武器』等等，動機仍是非常功利，有所企圖！」

我回應：「我經常跟營營役役的朋友說：『文化』不是叫你以它來謀生，或要背負沉重的道德責任；『文化』其實只是生活的香甜泉水！有一個朋友無論多忙，下班竟然學舞獅，這就是文化生活呀！」

張校長暢懷：「我和學生說：『不需要以文化為生活，但人的生活必須賴以文化！』有些學生白天的工作，非常市儈，但是下班後，堅持『脫胎換骨』，玩 band 作樂！部份香港人鄙俗，也許只是沒有朋友帶領他們去接觸文化，又可能我們某些文化，沒有與時並進，好好地『包裝』吸引他們。你看，奇華餅家把香港的古老餅食，如老婆餅和雞蛋卷，變了時尚送禮佳品，不是很成功嗎？」我插嘴：「哈，『改還改』，但要保留那文化的精髓，我看過有人設計『開胸旗袍』，好嚇人！最痛心是沒有人『包裝』功

夫文化，它是香港人的驕傲；現在，我看功夫表演，台上都是老人家在示範，真唏噓；所以，我喜歡周星馳的電影《功夫》，它代表香港人向功夫的黃金時代致敬！」我好奇：「香港政府成立了文化局，你有何看法？」張校長靜思了一會：「文化的核心，是『溫柔敦厚，有容乃大』，故此，香港政府不宜太多『指導思想，立功立言』，要寬宏地讓文化人才、內容和意念百花齊放，這城市才可以變成茂盛的花園！」

我同意：「有聲音提議香港的文化為政治服務，或須『主旋律正確』，這並非最理想的，如果香港的文化和藝術走向這條路，我們未來很難多元化；其實只要不碰及法律的『紅線』，餘下的，應該是自由表達的空間，故此，文化人的互相爭辯，也是多元文化呀！」

張校長突然靈光一現：「希望我沒有記錯，已逝世的內地出色演員和導演趙丹說過類似這番話：『文藝不可管得太具體。』我很同意，否則，真正的文化不可能出現，因為文化，是人們對『生活』和『生命』的主觀表達。文化，不是指導出來的，應該是眾人真實地感受出來的，它更不是為了討好權貴而裝出來的染色體。『有所為而為』的文化主體，是化學而非天然食物！」

和張灼祥校長結束茶敍前，還想請教他：「你對香港發展文化經濟樂觀嗎？」他認真思量：「我們的市場太少，只有七百萬人，必須有大量遊客進來，或港式文化有辦法輸出海外。目前，『雅文化』活動，主要靠政府資金支持，然後，一大群以『非牟利』為主旨的 NGOs 去推動；這樣，很難產生市場力量，香港商人的DNA 是『急財』，要他們投資以改善人民素質為使命的文化企業，

恐怕亦是煎水作冰。不過，如出現幾個有心有力的推動者，那個情況又未必一樣，況且，香港的『生活文化』有過人之處，也許，可以推動到全世界的，是『吃』和『穿』的文化。還記得年輕時，外地愛美的女士，喜歡來香港做『長衫』，尖沙咀一帶充滿『穿』的經濟力量！衣服，除了是工業，也是文化呀！」

有句話叫「君子與君子以同道為朋，小人與小人以同利為朋」，我和校長兩袖清風的交往，非常愉快，每次揮別時，口袋裏總有一彎明月。張校長好幽默，每次約他聊天，他開玩笑說：「好呀，不過近鄉情怯！」引得我捧腹大笑。

張灼祥校長最後語重心長：「我最大的感慨，是『急功近利』這四個字害壞了香港很多事情，文化教育如斯、文化發展如斯。文化和藝術，要讓香港人真真正正發展出高尚的人格、智慧、品味，因此，個人、學校、家長和政府社會的長期共同努力，缺一不可；如果太注重『量』化，例如蓋了多少個劇院、博物館，那只是一個城市的『廣告燈箱』。榴槤外表雖然難看，但是，內裏的麝香貓果，才是最珍貴的。因此，我認同你的看法：香港有沒有真正的文化底蘊？應是市民在每天生活上，是否可以『感受』出來？這邊說『文化之都』，那邊滿街聽到人們粗言穢語，怎成？」

莫愁人生找不到 Jedi，我找到了，有幸，劉天賜和張灼祥，兩位都是我的老師！

陳達文：香港人的文化內涵欠甚麼

你快樂嗎？表面的 baller，其實最不快樂，真正的快樂，源自於內心的平靜。

慾念只是腦袋的填飽，不入心靈，非真正快樂。童年，快樂是「真材實料」的，因它和物質無關；可惜，純真已消逝。今天長大的你，要好好把握「生活的文化」，如看書、聽音樂、作畫、看電影；或追尋「精神的文化」，如宗教、哲學、做人道理，才能把滿佈污漬的心靈清洗，須臾之間，重拾潔淨人生。

桑榆，哪有老掉這回事；大家要尊敬長輩，他們是社會的壓箱寶，常對年輕人說：「就算數千元的家用，也代表對父母的敬愛。」常言，「薑愈老愈辣」、「家有一老，如有一寶」、「不聽老人言，吃虧在眼前」，外國人說「old owls are wise」；智者的聰慧，如瑰麗的晚霞，年輕人，願意仰望的，臉泛嫣紅。最難忘陳達文博士曾經贈我這一句：「文化，便是 how to be a human and how is your life being humane ！」

陳達文（Dr Darwin Chen）博士是文化藝術界「教父」，沒有他，哪有今天香港文藝界的建設成就！以前，香港除了戲院以外，沒有「見得人」的文化場地；陳博士當年在政府，參與 1962 年「香港大會堂」（Hong Kong City Hall）的成立，從此，香港有了正規的音樂廳、文娛廳、展覽館、博物館、圖書館等設備。「好炸」的大會堂，是因，今天，文化場地處處，是果。前輩說：「City

Hall，不僅是上流社會或知識分子應酬交際的地方，它是『與民共養』的心靈之所。」

博士為人嚴肅，但對人溫暖，充滿耐性。他說：「在殖民地時期，香港的文化政策是『務實』的，不為政治服務；文化表演和展覽，亦不視為經濟活動，沒有『創意經濟』這概念。少數英國人統治九成多的華人，故此他們不談意識形態；當時的目標只是先讓普羅大眾，通過這大會堂，有機會『接觸』和『感受』文化藝術這抽象東西，然後慢慢樂意改善貧乏的精神生活！當時，在大會堂設立婚姻登記處，用意是讓市民在非經意下走進文化寶殿；我又堅持大會堂上演粵劇，因為廣東大戲是本地藝術，還找了麥炳榮、鳳凰女演出《鳳閣恩仇未了情》打頭陣；跟着，表演票價要低，基層也可以和有錢人同場欣賞藝術；圖書館容許市民借書回家，就算有人不還書，那也是區區少數。辦理事情，不能因小失大，搬『石頭』用作『不作為』的擋箭牌！自高自大，或妄自菲薄的人，往往抗拒文化藝術。其實，文化藝術如慈善心腸，早已藏於每個人的心室，在乎你有沒有拿出鑰匙，把它開啟！」

陳達文，1932 年出生於上海，是移居上海的廣東家族；1945年，日本投降，二戰結束；在 1946 年，他跟隨家人到了香港，他笑說：「當時，我是帶有上海口音的廣東人。」前輩在男拔萃唸中學，當了幾年記者後考進羅富國教育學院，跟着，去當皇仁、喇沙等學校老師；後來，唸了倫敦大學。他說：「我在任教的時候，大會堂快將落成，正招聘員工，心想：這是為文化服務的大好機會，於是在 1961 年，我成為大會堂的第一任副經理！」往後，前輩步步晉升，成為文化署署長等政府高層官員。他畢生為文化藝

術作出貢獻：香港管弦樂團、話劇團、中樂團、舞蹈團等全是他倡導成立；還未計算全港大大小小文化場地的建設。在英治時代，前輩堅持不懈地向上司爭取資源投放在文化藝術。如説邵逸夫是香港電影業的歷史巨人，那麼，陳達文必然是文藝界的偉人。

前輩 90 歲了，説話清晰有力、引經據典，而且，思想條理分明，把他的話寫下來，便是一篇精闢論文。他説：「國家希望香港成為中外文化藝術交流中心，香港有百多年中西生活的沉澱，絕對有這個資格。而且，頗多市民受過中西方教育，懂兩種語言，經歷過兩種文化，以往，香港稱為『東方之珠』，便是這個理由；但是，若然香港人的文化素質，一天比一天開倒車，口説『有文化』，但只是表面的藝術展覽、表演等活動，人，卻粗糙沒有內涵，我擔心這夢想會『心有餘而力不足』！」

陳達文現為香港聯合國教科文組織協會榮休會長及高級顧問；他曾任藝術發展局主席；獲頒香港大學名譽博士、演藝學院榮譽院士、教育大學榮譽院士等等。2012 年，他榮獲「藝術終生成就獎」，以表揚他的巨大功勞。

前輩吸了一口氣：「60 至 90 年代，香港的文化藝術發展，集中在『地方、人才、節目、活動』等等具體建設，1997 年回歸以來，政府『一本通書睇到老』，仍把文化藝術停留在課餘及下班以後的『社區康樂消遣』。聯合國對『文化』的重要性，説得很好：文化，是精神層面的知識和修養、是自我認同的動力、是正確價值觀的培養。在高質素的社會，人，不能沒有文化！『公民教育』替代不了思想層面的『社會文化教育』，因文化是人和人之間交往的精神河道，也是一個國家、一個民族、一個城市的凝聚力、

生命力和創造力，以至道德力量的泉水。如果，香港人只關心物質生活，缺乏文化素質，則這城市便會破掉社會進步的一片牆，當人們不再對自己的文化修養感到自豪，便會喪失尋求高尚人格的動力，香港的『家』，何以再成家了？」

我點頭認同，但亦無奈：「蔑視自己民族的文化，真的可悲；香港人要趕走錯誤思想，重拾正面的香港情！」

前輩和顏悅色地：「但願將來文化局長，不把『文化』只看作為技術性的設施工程、康樂工程、旅遊工程、經濟工程；『文化』，要心連心改善到香港人的生活面貌，包括生命觀、民族觀及世界觀；所以，文化局要帶領的，是香港社會精神文明的啟航。」

我開玩笑：「會不會這位文化局長也不知道自己『頇重飛』？」前輩也失笑：「從來社會的教化工作，不要怕別人取笑，也不要急功近利，更不要只做表面功夫，必須長年累月，孜孜不倦的。」我不恥下問：「那麼，教育大眾甚麼呢？」

前輩淡淡一笑，如榕樹樂意遮蔭：「以中國人傳統的文化思想為基礎，在適當地方，加上西方的『自由發展』和『個人權利』的概念；更要扭轉如香港過往『自我主義』過猶不及的狀態。在我們儒家文化中，人，不是單獨的存在，『人』的意義和價值，是相對的，它承載了『家』、『國』、『天下』的倫理角色和道德責任，特別是修煉個人素養和家庭觀念。中國人的傳統，充滿着人倫溫情，而那份溫情，是自己和別人共存共活的基礎。」我插嘴：「對！例如『人情味』、『人情世故』等，在英語是不存在的，他們的常用字只如『love』或『kindness』，沒有中國人那份『情』的深層次意義，更不要説『仁』和『義』，這些都是中國人

的思想精髓。」

前輩再說：「中國人傳統思想所強調的，是某種的 altruism（利人主義），即如何約束自己，為別人着想，成全對家人和社會的意義，這些大意義，比起一己私慾來得更重要。自由，是有條件的，那便是：自省和自制。」他停頓一刻：「西方社會，從古希臘以至羅馬哲學，『個人權利』和『守法』是他們思想中重要的一環；可惜許多人今天曲解為『只要不犯法，甚麼都可以幹』。」我回應：「對！因西方有所謂 harm principle（傷害原則），即除非為了阻止一個人『傷害』其他人，否則，個人或群體不得對另一個人的『自由行為』作出干涉！這是非常 self-interest 的西方理論。我覺得：但就算不犯法，賺錢也不能沒有道德底線；自我可以，但絕不能影響別人！」

前輩想了一會：「香港的社會文化，目前瀰漫的是西方的『自我主義』（egoism）；強調自我利益和成就，它成為個人取向的 moral foundation。」

我問：「前輩，你剛才說的『以中國人思想為基礎，在適當地方，可加上西方的概念』，在哪方面呢？」他微笑：「西方對『自我』的信念，在科學及醫學研究、學術發展、藝術創作、生活美學這四方面，推動了人類的進步，這的確是好的一面！不過，又不能太盲目相信西方專家那一套。『橘化為枳』，也得小心！」

前輩想起來：「有興趣研究文化和人類、政治、社會關係的朋友，可以看以色列作家 Y N Harari、美國日裔學者 Francis Fukuyama、奧地利管理大師 Peter Drucker 的著作。其實，文化，是人類未來存亡的 key factor，低估了它的重要，便令香港的和諧

社會繼續受到災難性的破壞。現在，我們進入了 internet 世代，小孩子、年輕一代，逐漸脫離了人倫的國度，躲在虛擬世界，以電子遊戲的規則，作為現實生活的道德，這是非常危險的。」我贊同：「這解釋了為何更多年輕人不重視家庭倫理觀念，更相信身體和語言暴力可以解決問題！」

最後，我問陳達文博士：「你對香港政府推行『文化社會』有信心嗎？」前輩停頓了很久：「部份香港的管理層，有自己的一套官僚思維，想出來的，便以為行得通，同時，本來行得通的，卻因怕難，又不敢提出。他們以自身仕途為優先考慮，『怕孭鑊』、影響升職，或『自掃門前雪』，各自為政，這便是『官僚作風』。久而久之，便缺乏勇氣和承擔，而市民的真正福祉，往往被忽略了！」我答：「最近，有一宗新聞：『扒龍舟』竟被列入『體育』而不是『文化』活動，而且，部門為了市容等理由，拒絕讓備用龍舟放存在天橋底；所以，建立『文化為重』的社會價值，實在很重要。」前輩望着我：「在 14 到 16 世紀期間，歐洲有一個 Renaissance（文藝復興運動），當時的思想家擺脫封閉的思維，通過文化、藝術、文字等作品，重新探討和發現『人』，包括自己和別人，在世上的真正意義？我希望香港度過了一百多年後，能夠也來一次 Renaissance，讓所有香港人，一同思考，我們天天所生活的城市，到底對自己、對家人、對別人、對國家，又有甚麼新的意義呢？」

我記得看過一篇文章這樣寫着：「中華文化幾千年來生生不息、永不枯竭。這文化提供了創造的土壤和環境，也給整個民族提供了勇氣和精神。中華文化有『講仁愛、重民本、守誠信、崇正義、

尚和合、求大同』等思想，具『自強不息、敬業樂群、扶正揚善、扶危濟困、見義勇為、孝老愛親』等傳統美德，這中華文化的基因，不論過去、現在、將來，都永不褪色。」也許，反璞歸真，重拾中國人的文化和道德，便是非常理想的香港 Renaissance ！

陳嘉賢：香港長衫的優秀特色

　　文化藝術的追求如生小孩，陣陣痛苦過後，是陣陣的喜悅。

　　藝文創作，是腦袋苦戰，絕不容易。戲劇老師毛俊輝説得好：「去愛它囉，只要你愛，甚麼都願意付出；只要你愛，一切都做得好！」

　　陳嘉賢（Karen Chan）是著名電器品牌「德國寶」老闆陳國民的女兒，但她追求的香港文化，叫「長衫」。

　　我叫 Karen 做「千手觀音」並不過分：她打理家族生意、照顧丈夫和兒子、參與校董會和各個商會的工作、出席政府委員會的活動，還有還有，追求那「長衫」的文化夢。見到英姿颯爽的 Karen，聯想起代父從軍的花木蘭。她竟羞澀地説：「我要發揚香港長衫的文化，把它變成藝術，更膽大的，是夢想有一天經營一家『長衫風格』的精品酒店！」

　　我和 Karen 投緣，不只因她大方得體，還有我們為政府共事的時候，兩個都是有話直説，往往説白了「雪花非花」後，相覷而笑！

　　我問：「『長衫』和旗袍的分別」？Karen 答：「長衫，又稱『長褂』，本是清代到民國男子常見服飾，後來改裝，變成女子也可穿着的『袍子』，稱為旗袍。我的品牌『Sparkle Collection』提供男女服飾，故此，我愛用『長衫』這 generic term。」

　　我問：「你為何喜歡長衫？」Karen 想想：「『長衫』代表着

一個香港人，深愛本土的傳統文化，但是，我設計的長衫，除了保留典雅的韻味，亦與時『變格』，加入現代的時裝元素；但願我令長衫變得不一樣，顯現出一份當代和國際化的品味。」

我難為她：「長衫很獨特嗎？」Karen 擘大眼：「當然的，長衫對女性來說，充滿着『暗藏』性感。西方的性感，很多時候都是『露肉』，而旗袍則是『窄身合體』的：直領、右斜襟口、緊緊腰身、兩邊開衩、袖口收小，全凸顯東方女性的柔軟曲線，好一個完美的『S』形。長衫表面端莊保守，但骨子裏，無論頸、肩、臂、胸、腰、臀，腿、手以至足踝，交錯的曲線，性感誘人！」

我故意扮某些人說話：「有人說『穿了長衫』，像酒樓的女侍應？」Karen 大笑：「哎呀，香港人喜歡把固有文化『一棒打死』，這低貶很無知！」我同意：「像說甚麼古董叫『爛銅爛鐵』、國畫叫『玩水墨』，自己歧視民族的瑰寶，這亦反映一些香港人在修養上，沒有『敬老』這回事！」

Karen 接着：「長衫的含蓄性感，是妙到毫巔的，例如下半身兩邊的開衩，最好剛剛碰到垂直中指的末端，你看，那便是女人最性感的大腿位置。」

她喝了一口養生茶：「長衫從民國起，兩個大城市的裁縫師，把它們發揚光大：上海和香港。可惜，上海在二次大戰以後，幾乎停頓下來，只有我們香港十里洋場，有各路捧場客，一直跟長衫形影不離；那年代，尖沙咀、北角、中環、上環以及環頭環尾，都有長衫店舖。60 年代以前的香港，大多女性穿長衫外出或上班；不過，60 年代以後，『西風打倒東風』，本地人開始嫌棄傳統服飾，長衫便慢慢走下坡。」

　　Karen 頓頓：「我努力為 Sparkle 築巢引鳳，事由在某一天，我突然意識到 50 年代留下來的長衫好師傅，現今只有幾人，例如我敬佩的封有才老師，如果不好好協助他們傳承這珍貴手藝，另一種香港文化便會接着消失。我們這一代，最應承擔這歷史使命，因為父母留給我們很好的經濟基礎，不用為口奔馳；我們從傳統生活中長大，既了解過去，但又去外國唸書，認識西方，故此，長衫的發展，正需要我們這一批『70 後』來支撐。」

　　我問：「長衫的工藝有何了不起？」Karen 拍拍手：「傳統的長衫，不用布料拼湊，『一件過』，裁縫師的魔術手，神乎其技

把一幅布，完完整整地剪裁出一件長衫。我再舉一個例子，用來固定長衫衣襟的『盤扣』，本身已是一件藝術品，花款豐富，有菊花扣、金魚扣；以文字為款式的，有壽字扣、喜字扣等。」她笑道：「還有，長衫帶有改善行為舉止的『功能』，當一個女人穿上長衫時，自自然然，走路也變得婀娜盈柔；就算跌了東西在地上，拾起的姿態也不一樣。哈哈，還有，長衫可以幫助『減肥』，為了穿出長衫的線條美，keep fit 是必需的。」

陳嘉賢出生於一個工業世家，有一個妹妹。Karen 從幼稚園、小學、中學都是就讀在聖心學校；後來，去了美國唸書，在 University of Washington 取得學士學位；1995 年，去了 New York University 唸碩士，她在科網公司工作了一陣子，跟着去溫哥華，也結了婚；2006 年，回港打理家族生意；2009 年，完成中文大學市場學碩士課程。Karen 的老公，和她一起事業拼搏，有一個兒子，已經 12 歲。

我說：「看過你的長衫時裝表演，多找外國人當模特兒？」Karen 抬着頭：「是故意的，我想帶出一個 message：外國人穿長衫，也可以穿得好看！」我笑：「那麼，中國人穿長衫，哪個好看？」她想想：「男的，是尊龍，穿出那種貴氣；女的，一定是張曼玉，她穿出那種秀氣。在電影《花樣年華》裏，她的長衫衣領，由 4.5 cm 加高至 6.5 cm，這些低調的改良，便帶出新意思。」

我意猶未盡：「你的『長衫大計』是甚麼？」Karen 正襟危坐說：「我嘗試把長衫的色彩多元化，用上了大膽的顏色和圖案，包括 neon color 及 local comic，希望『潮』吧。我又想把長衫變成易穿的『上班服』，例如在剪裁上，把長衫變為『A』shape 多一點，

穿起上來，便會輕鬆，就算腰部多了少少『肉地』，也不易察覺。」

我用眼神鼓勵她：「經營長衫生意，有沒有困難？」Karen 搖頭：「太多了！要有傻勁，才可克服困難。長衫，是精品，品質一定要完美的。經營別的生意，會有『將貨就價』或使用『代用品』，但是，長衫生意不可亂來，試想想：如果改用醋酯纖維，不用 100% silk，長衫的感覺，會一樣嗎？但是，貴價錢的東西，生產成本高，市場也小，極難擴大生產，更難『薄利多銷』。有時候會取笑自己：『你要堅持下去，長衫不是服裝生意，是一個文化的良心！』」

我們暫別時，Karen 語重心長地道來：「我最怕聽到的一句話，叫做『香港集體回憶』，那代表美麗的東西，其實早已經消逝；我喜歡的一句話，叫『承先啟後』，例如香港的粥舖、雲吞麵店、跌打館、衣紙檔，依然有人一代傳一代地經營下去，就讓我加入這承傳行列！在這刻，好感謝父親和老公，為我『頂住』很多工作，讓我抽到時間追尋香港文化的根和夢！」

每個夢想，一開始，只是一句話、一個靈感，但只要你相信夢想可成真，請立刻「押高衫袖」、落手落腳，終有一天，夢想不再只是夢想，而是你眼前的事實。

所有人類的偉大成就，均來自於一個字——「愛」。

洪強：媒體藝術的「撐竿」

你可知道藝術和人生，有一件事情，叫「撐竿跳」？

有句話，「工欲善其事，必先利其器」：做好工作，先磨利工具；好好應用時代賦予的「家生」，是爭取成績的先決，無論是求學、在職或做藝術的，才不會「周身刀，無張利」。

你開始説：「意見接受，態度照舊。」但是，朋友，沒有「自省」能力，人生不會進步。

獲國際獎項無數的「媒體藝術家 Media Artist」洪強，是香港教育大學的副教授；打扮很「殺馬特」，衣服色彩錯綜，類似少數民族，有時候又像歐洲的 Bohemian、Miami 的「蒲精」，我笑：「你的小女兒一定高興，這樣『colourful』的爸爸！」洪強樣子似小生江華，可以當演員，他行動快捷、笑容滿面。藝術泰斗靳埭強，最喜歡見到他。

洪強説：「歷史上，藝術的發展和工具的發明，像藤纏樹，樹纏藤，有着不可分割的共進。人們創造了繪畫工具如紙、筆和顏料，於是，不再在山洞以羽毛、石頭、樹枝等東西作畫。後來，發明了攝影機、錄影機等工具，因而出現了電影藝術。今天，我們 media artists 忙着的 project，靈感來自電腦、手機等新發明，再輔以感應（sensor）、機械（kinetics）、大數據（big data）的新科技，成就了新現代藝術。」

我笑道：「許多人不明白甚麼是媒體藝術，不如簡單地叫它『科

技藝術』吧？」洪強失笑：「有觀眾曾問：『這是甚麼藝術，只看到一大堆機器？』我開玩笑：同樣地，bitcoin 是甚麼錢？也是虛擬的代號！」

洪強說：「藝術是主觀的美麗，各有所好。」我回應：「去上水，有人坐巴士；有人乘鐵路。」他說：「故此，在藝術路向，有人要繼承傳統；有人想成就未來。」我好奇：「你呢？」他想也不想：「香港人很幸運，我們擁有民族數千年的文化藝術歷史，但香港又是一個現代化的國際都會，世界信息及思潮，天天湧入，本地的藝術家不要錯過這優勢，要從古代取材到今天，充份發揮。我自己呢，是一個喜歡『過界』的人，哈哈，小時候是內地移民，從香港又往歐洲讀書，跟着，穿梭在教學和創作之間，故在藝術上，我想做一個『撐竿跳』的運動員。」我瞪目：「甚麼意思？」他認真地：「撐竿跳是一項田徑運動：運動員用一根細長而反彈力強的竿子，『飛越』驚人的高度，這運動在古代已有，在十九世紀，撐竿跳更成為奧運會的項目。我認為『撐竿跳』的『竿』，其實是我們對傳統文化和藝術的認知，有了這支撐，給了我們力量，可以發揮彈跳力，再加上個人的才華，跳得更高更強。我希望我的作品：有了『認古』的竿，可古今兼備；舊的東西，給我添上新的面貌！」

我深深有感：「十多年前，我有一個世侄女，賣傢具的，她從歐洲購入潮流 furniture；我問她每件傢具是如何演變下來的，她一句也答不上，只是說：『很靚！很貴氣！』我勸她要研究傢具歷史，才有更高的發展，她答：『我的顧客都是年輕人，對歷史不會有興趣。』我笑：『是你要知道呀，才可有別於宜家傢俬！』她沒

有理會；結果她的店沒有前瞻性，當愈來愈多仿歐的傢具店，她的生意湮沒了！」

洪強搖頭：「香港人有『恐老』症，説甚麼『老土』、『老餅』、『老化』等；其實，能夠認識過去光輝的人，是世界上最幸福的，人類的數千年歷史，是個大花園，那些日子已經消逝，無法保留，但是，因為你懂得歷史，對事物的深度和闊度都高於常人，往昔再給了你思考和靈感。你的 CPU 大於別人的腦袋，你的 library 比別人多書，創意的運算速度，自然更勝一籌。」

我納悶：「你的『撐竿跳』理論，可否舉一個例子？」洪強毫不猶疑：「最近，我在拍一條短片：一朵花如何在一個密封空間內，突然自動引火、燃燒、化為灰燼！」我感觸：「太像我的人生！」洪強説：「對，創作意念來自一次在波士頓 Museum of Fine Arts 的感受，我看到一幅中國卷軸畫，把植物春夏秋冬的描畫，連在一起，觸動我對生命的感受。同時，古代文學，又衝擊我的心湖，我想到『花謝花飛花滿天，紅消香斷有誰憐』的浪漫詩句；突然想到古代的『線裝畫書』，當你指彈頁數的時候，如果速度快，把 24 個靜止的畫面，在一秒鐘內翻動於眼前，變成如電影的片段。於是，我決心把一朵花『紅消香斷』的感覺，如放電影般，在無緣無故下，着火消失……」我大惑不解：「在沒有人點火的情況下，怎樣會自焚？」洪強調皮地：「我要賣個關子，讓大家對科技和藝術如何互動，埋下興趣的種子，來支持 media art；但我想説明：歷史的美麗，給了我很多 idea 和 power，造就今天我的新媒體創作。」

洪強的父母是印尼華僑，溫文的知識分子，五十年代回祖國

「貢獻」，在昆明結婚，誕下了洪強和姐姐，爸爸是老師，繪西洋畫，媽媽教書法。1973 年，洪強 3 歲，爸媽想回印尼，卻滯留在舉目無親的香港，要學廣東話融入社群，學歷不被承認，無奈地當小工，住在西灣河。洪強在 6、7 歲時，有過度活躍症，媽媽於是教他國畫和雕刻印章，疏導精力，同時也開啟了他認識中國歷史和文化之門。一家生活拮据，但知足快樂；洪強 11 歲的時候，爸爸因病逝世，媽媽當工廠雜工，堅強地撐下去。當時，洪強唸中學一年級，繪畫天份，給予他一扇窗，他把插畫作品，投稿給《小強漫畫集》、《金報》、《壽星仔》、《星島日報》，並在快餐店工作，賺到一百數十也好，幫補家計。

洪強的眼睛濕了：「我的家境，窮得進不了大學，但是，得到各人鼓勵，我咬緊牙關，完成設計和藝術課程；我在唸理工大學的兩年和中文大學的三年期間，雖然學費只是一萬數千，我也拿不出來，感激老師、同學、朋友的財政幫忙，特別是陳育強老師，他借了 $20,000 給我應急。我對他們的無私，永世難忘。中大畢業後，本來要找工作的，可是，得到獎學金，往倫敦名校 Central Saint Martins 唸藝術碩士課程，但如何生活呢？我帶着辛苦儲回來的 $40,000 元便飛走了。當年，在英國，飢寒交迫，還要在街頭繪畫人像賺取生活費，卻又接二連三地病倒，幸得校方酌情處理，只要在發成績單時，收到學費，我便可繼續學業。到了畢業時，我連買機票回港的數千元都沒有，要向好友 Bryan Chung 借。哎，回到香港，找到理工大學教職，生活才穩定下來，但是，追求藝術的心沒有靜下來，跟着去了德國、丹麥、美國做教研，最後再往瑞士進修，取得 Zurich University of the Arts 的哲學博士。」

吃得太飽的人跳不了，肚子餓了，火燒心，便會動彈起來；脫貧，常常是人生「撐竿跳」的原動力。別怕窮，只怕窮得懶惰。

　　洪強說：「樹，要根；人，也要根。人要基本生活，便靠雙腿，腳踏實地；但當人要突圍而起，只是走路，不夠，要跳，要藉助那支撐竿去彈起，它如根幹，牢固地插在洞裏，接連往日的歷史、文化和藝術；一躍後，你看到天空！慶幸我有腿行路、有竿跳起！」我有感而發：「歷史就是一面鏡，古今中外，都充滿養份，各位失意人，當你看不通人生，是因為你沒有放低歧視『老餅』的心，願意從歷史找出生命的哲學。有了文化的根，便可『撐竿跳』，走出今天的困境！」

　　許多人，以為流行便是好東西，過去的，便是爛東西！著名電影《Gucci》裏，有一句精警對白：「當糞便和朱古力放在一起，樣子、顏色可能一樣，但是味道是天與地！」不少朋友，卻把兩者對調。現代潮流和過去歷史，孰優孰劣，其實不必爭論：「古為今用」，便是創作最渾然天成的境界！

　　我問：「年輕人學媒體藝術有『錢途』嗎？」洪強意會到我的幽默：「哎喲，香港人最緊張收入，做甚麼，第一句便問：『搵到食嗎？』我估計可以的。因為學習 media art，你要對電腦科技的應用，非常熟悉，當今商業世界，甚麼都科技掛帥：web、app、e-marketing、e-game、e-education，無所不用其『技』。當技術要和美學，一併應用，才出現內外並重的商品。你想想，媒體藝術的人，既懂科技、又懂設計和美學，這些『二合一』的人才，哪個不要？所以，我九十年代的同學，到內地發展的，已經飛黃騰達，早在享受人生！」我搖頭：「唉，可惜我是『電腦白

癡』！」洪強拍拍腦袋：「還有，media art 是科技和藝術交集在一起的 problem solving 方案，這過程中，不只是作品的成果，而是在不同階段，一個人學會思考，解決問題，非常重要。懂得 problem-solving 的，做哪行都出色啦！我有些學生做企業管理，也爬上了頂位呢！」我吟詠：「莫愁材大難為用⋯⋯」他誠懇地：「約在 2008 年，我去杭州中國美術學院做一個戶外 projection（投射）的項目，有一棵樹剛擋住投射影像，師生們在一夜之間，把樹移走了，嚇死我，還以為把樹鋸毀，後來，在展覽完畢，見他們合力把樹移回原來位置！我張口結舌；也許香港人愈來愈保守，窒礙了自己創意？香港有些人只管 look forward，忘記 look backward，變成一種自我捆綁？」

中華民族的非凡歷史，特別是文化和藝術方面，是美麗的花兒，我們香港人，要教導年輕一代珍惜過去的「文史哲」，這樣做，不僅是送了一支「跳竿」給他們，而自己，「贈花人，手留下餘香」，何樂而不為？可惜，在香港，接花人少，歲月無情，花兒都謝了⋯⋯

熊海：香港珍貴財產「新水墨」

「真正的無知並不是缺乏知識，而是拒絕擁有它」，這是哲學大師 Karl Popper 說過的。撿到了好知識，便不要還給作者！

不懂底蘊，便別亂說；例如：「臭豆腐比芝士難聞！」拿不同類別的東西來比較，毫無意義。有人告訴我：「中國水墨畫，老套粗陋⋯⋯西方畫作『矜貴』得多。」這人要拿去打手板！

「水墨畫」（Chinese ink painting）是繪畫的一種，相傳始於唐代，是中國人獨特的畫技，世界上獨一無二。基本的水墨畫，僅用水和墨，出來的藝術，顏色是黑白灰，「大道至簡」。後來，水墨畫的色彩變得多樣化，加入從植物和礦石提煉的顏料，稱為「彩墨」。西方，畫筆是硬的；中國，畫筆是軟的，代表我們民族的溫柔。

香港的水墨大師熊海說話文雅有禮：「我喜歡『墨韻』，墨有濃墨、淡墨、乾墨、濕墨、焦墨，從『黑、白、灰』的世界，感受出色彩絢麗，所謂『墨即是色』，太奇妙！你看，只要有『文房四寶』：毛筆、墨汁、紙張、墨硯，就可以變化多端，用『具象法』、『寫意法』、『工筆法』、『潑墨法』，繪出萬物！水墨畫看似容易，但沒有數十年的功力，卡住了，何能妙到毫巔！」

我笑問：「香港是開放城市，水墨畫『日新月異、層出不窮』，最近，見過『水墨』變成卡通動漫，你接受嗎？」熊老師點頭：「我由內地人，變作今天的香港人，感受到香港『乜都 OK』的可愛之

處;所以,我是包容的,甚麼『水墨設計畫』、『水墨媒體藝術』、『水墨混合油畫』,以至蔡國強用煙火燒出水墨作品,哈哈,只要有水平,OK 的,搞搞新意思,『立異』或許帶來突破!我近年去了 Paris 之後,也想把 acrylic(塑膠彩)和墨水一起配合呢。」老師嚴肅起來:「如粵劇一樣,水墨是最能代表香港輝煌的『視覺藝術』成就,我們的作品活潑兼多樣化,和內地有分別的。從嶺南畫派到今天,已超過百年歷史,香港的水墨經常創新,為甚麼政府不高度重視呢?西九文化區,連一個水墨美術館也沒有,叫人氣餒!香港人應有多些機會看到自己的水墨!」

我有感而發:「年輕人覺得水墨畫的『神韻』,太抽象了,例如『平』、『留』、『圓』、『重』、『變』等筆法要求,艱深難懂。」熊老師嘆氣:「西方也有『超現實主義』、『立體主義』、『抽象派』,容易明白嗎?這看法是一種民族自貶;用有趣哲學來牽引生活種種,這是中國人了不起的特長!是一種生活美學!」

熊海,是國際知名的香港畫家,作品獲中國美術館、英國大英博物館等收藏。內地、台灣、日本的水墨畫展,少不了他的份兒。蘇富比、佳士得,常有他的作品拍賣。熊老師說:「除了作畫,教學是我最享受的,但我沒有『單對單』授徒,因為那感覺像『服務行業』;反之,我當了數十年香港大學專業進修學院的老師,面對一大群學生,集體快樂!」他曾兼任中文大學藝術系講師、香港大學建築系助理教授。除了無數獎項,熊老師現在的地位崇高,擔任香港藝術館專家顧問、國家藝術基金評審專家等要職。

回憶總是美麗的,熊老師說:「小時候,我住在福建的藝術小島鼓浪嶼,現已列入世界文化遺產。從小,跟隨父親熊俊山學畫,

醉心水墨中的世界，哈，除了它，我也不知道還有甚麼喜好？母親是印尼華僑，在 1978 年，移居香港。最初，我一句廣東話都不懂，人生重新開始；父親、母親、姐姐、弟弟和我跟其他基層市民無異，生活刻苦，擠在一個小單位。我在鰂魚涌的一間古董店做古畫修補，公餘時間，我拜名家楊善深老師習畫，獲益良多。在 1981 年，我『膽粗粗』參加了『當代香港藝術雙年展』，幸運地入選，作品獲香港藝術館收藏，得到 5,000 元，那時候，我的月薪才 1,000 元。1984 年，港大校外課程部聘請老師教畫，我又『膽粗粗』去應徵，結果，教學生涯至今未停，雖然我在 1991 年，

在經理人 Hugh Moss 的協助下，成為 full-time artist，但是，我太喜歡『教學相長』的互動！」我問：「學生會啟發老師嗎？」熊老師：「可以！例如他們問宋代以前繪畫在絹帛上，之後在紙材上，兩者有何分別？又例如毛筆方面，狼毛、羊毛、鼠毛的技法有差異？甚至有同學問『油煙墨』和『松煙墨』出來的效果一樣嗎？問題太精彩。」

我八卦：「你的水墨畫作，常分『工筆』（着重細部描繪）和『寫意』（表達意境，不重視寫實）兩種，但同樣出色，但你有否考慮它們不同的市場價值？」熊老師想想：「有些人以作畫的難度、所需時間長短，來評估一幅畫的價值，這是很不專業的。更有些人說水墨畫比油畫容易畫，而『潑墨』畫可輕鬆完成，這更可笑；看一件作品，應以它的藝術水平，而不單以工具、技術、內容等來『價限』。我從不介意我的畫作賣多少錢，夠粗茶淡飯，便好！有時候，太富貴，反而妨礙藝術家的發展！」

我深入另一話題：「為甚麼香港的水墨畫成就非凡？」熊老師思索一會：「藝術，需要破繭，香港便是破繭後的飛蛾！香港是『新水墨運動』（New Ink Painting Movement）的誕生地：二次大戰前，香港畫家仍跟隨廣東的『嶺南畫派』的傳統技法，它注重寫生、寫實、色彩鮮亮，於是有人開始覺得要有新的思維。50 年代以後，香港愈來愈『西化』，60 年代的畫家們吸收了西方在藝術和思想之長，顛覆舊有的思維，企圖突破，把水墨畫帶去另一個創新領域；例如把抽象派加入國畫，即不以描述自然為真實，反而透過主觀或反差形態，來表達心靈感受；有些還以水墨來表達哲學，例如禪學。近年，水墨又演變為平面設計及具攝影美的『都市水墨』、

『電腦畫』的新工具。香港人的新水墨貢獻了民族,大放異彩;我們的作品林林總總,百花齊放,誰說水墨畫老派,只因這個人迂腐吧!」

我舉手致敬:「當年,水墨畫不值錢,畫家們都很刻苦,走了的大師呂壽琨靠當渡海小輪的船票稽查員為生,他的『莊子自在』,美得驚人。在中文大學任教過的劉國松大師,他創造的『抽筋剝皮皴』(先潑墨,然後抽去表面的『紙筋』漿料,畫面上便出現白雪效果),方法驚世駭俗!」

熊老師振奮起來:「當年,他們的『大膽』,招引批評,這些藝術家就算生活不易,也堅持創新的路!例如堅信『書畫同源』的王無邪,他希望作品充滿『東方文學背景』,從一幅畫作,反映詩詞歌賦的靈魂。」我接下去:「唉,還有因生活逼人,本是裁縫,後來終成為藝術家的靳埭強,他的水墨,充滿設計系統的革新!」

最後和熊老師開玩笑:「如果你留在內地發展,會是『國家級』大師,有沒有後悔來香港?」他大笑:「香港社會有兩大優點。這裏思想開放;來到香港,甚麼都可以看到,例如張大千和台灣故宮博物院內的作品,叫我大開眼界,當時,在內地,是不可能看到的。香港的『中西養份』,讓藝術家把西方畫作的概念和技巧,加進水墨世界,而市場又海納百川地接受新事物,例如『都市水墨』(Urban Ink),畫家用水墨描繪大都會景象,內容創新;我看過用水墨來描繪人群潮呢!」我回應:「你的藝術家兒子熊輝,很努力在發展自己一套獨特的水墨滲化技法呀,我欣賞他用墨水筆代替毛筆來繪畫。」熊老師滿足地:「我從來沒有培養他,他在中文大學畢業後,便決心要做水墨創作,也好吧,我家三代同業,

『仔大仔世界』，藝術要有『承傳』。全世界都在關心中國人的文化發展，『新水墨』，絕對是香港人值得驕傲的文化財產，我們要支持本地水墨畫家，否則，將來會失去一項『具香港特色』的非物質文化遺產，過去數十年的努力，便付諸東流！」

香港人常有一句話，叫「本地薑唔辣」，這是自貶身價的心態；所有藝術發展都需要兩個環節：人才和支持者。如果大家不支持本地藝術家，讓他們有機會從磨煉中成長，誰會？

人生，代代無窮，但流轉江月，哪會年年相似？香港未來的成敗，還看青年們有沒有創新功夫！

Jason Wu：年輕人如何衝出香港做音樂

　　香港有句話，叫「人離鄉賤」，但不用怕，另一句叫「魚唔過塘唔肥」。我鼓勵青年在大學畢業後的數年，先去內地或外國拿些工作經驗，當了「過江龍」，再回港發展。

　　在大機構，中年人，怕被派到海外工作。朋友說：「上層的『話事人』，往往是老闆左右手，如我離開權力核心，哪可以在他身邊『揖揖揚揚』爭取上位？」另一朋友說：「有老婆仔女，不想離鄉背井！」

　　南亞人，去外面謀生，多是基層吃苦工作，他們在異國，只是為了賺錢養家。

　　往外面工作，有三大益處：學習獨立生活，試想想，換床單、擦廁所、上超市，全要一手包辦；此外，學習和不同文化的人相處，返港後，人際關係的練達，成為資產；但最重要的，是吸收了香港這「大事小城」所學不到的專門知識，人力資源中，scarcity，是你比別人更值錢的原因。

　　為甚麼要外面的 exposure 呢？統計說：「世面」見得愈多的人，愈有能力去解決問題。

　　為甚麼要 sophistication 呢？理論說：富裕地方，如香港，已經不能再靠 simplification（簡單工序）和 standardization（統一流程）的模式發展經濟，因為以前墮後的地區已經趕上。我們需要的，是一批受過高等教育、有專門技術和創意的年輕人，帶動

香港的再生。全球「搶人才」的情況，便是把這些精英收為己有，闖出「能人所不能」的新局面，達至 zero to one 的優勢（「從 0 到 1」，是彼德提爾（Peter Thiel）的學說，他認為未來經濟的發展，必須靠新視野，脫離「傳統智慧」的舊方法）。

最容易往外面工作的途徑，是先在內地或西方唸大學，然後留下來發展。當然，有些年輕人從此不回來，但是，香港始終是機會之都，也是他們的家，總有人不想「身在異鄉為異客」的。

我們的年代，只要是大學畢業，留在香港，變了「人上人」，沒有想過在外面「漂」。但是，時代改變了，這廿年來，愈來愈多香港人有海外工作的經驗，許多到了「創業」的階段，便回來，尋找中港龐大市場；不過，中文要行呀，如果只是「外黃內白」的「香蕉」，蘭桂坊以外，沾不到好處。

香港近年，國際級的年輕「高人」輩出，今次要介紹大家的是胡奕男（Jason Wu，藝名叫 Rabitt），我認識他的媽媽，她說：「Jason 在 1993 年出生，是我的第二個兒子，叫他『奕男』，因為『奕』和『亦』同音，而且，我不奢求，只想兒子們精神奕奕地成長！」

Jason 是現居於洛杉磯的音樂創作及製作人，曾經被提名國際級的 Emmy Awards 和 Grammy Awards，LA（洛杉磯）是他的工作基地，曾為世界級歌手 Andy Grammer、Kiiara、Eric Nam、Charlotte Lawrence、Alvaro Soler、Ingrid Andress 做音樂。Jason 說：「很高興打進了日本的音樂市場，King & Prince 找我作曲。」我取笑：「為何樂不思蜀，不回香港？」Jason 大笑：「我愛香港，終有一天的。目前在 LA，機會多、發揮空間大，當然競

爭也大，如不能保持頂級水平，便迅速比下去！」

　　Jason 緬想：「你知道我媽媽 Cynthia 在政府做文化工作的，所以，5 歲的我便學音樂，最喜歡打鼓。但父母堅持我先要『打』好中文基礎，才去外國讀書；當時，我掙扎是否以音樂作為終生事業，幸好父母鼓勵我：『人生的目標，應以興趣為起點，金錢亦不是終點。』2011 年，我進入了美國 Berklee College of Music（同

學有香港唱作人 Gareth. T），可能有點天份吧，畢業後，受到著名音樂人 Kara DioGuardi 賞識，教我製作音樂，跟着在 LA 找到工作。『咁就 10 年』！太快了！現在的工作是國際性的。哈哈，很大壓力的！但我感激父母提醒我：『你是香港人，應該為香港做點事！』希望有一天，我可以把香港音樂或歌手帶去國際層面；現在，我想告訴香港的年輕人：『我哋係得嘅！既有東方，又有西方特質，憑我哋的強項，終有一天，你哋會在世界各地，燦爛地開花結果！』」

我好奇：「美國和香港音樂工作的分別？」Jason 交叉着手：「我沒有在香港真正工作過，都是朋友告訴我的。美國的流行音樂帶領全球，因為它的市場大、圈子也大、競爭厲害，憑關係不會持久，所以，一定要『有料』，因為懂音樂的人多，也很有眼光，如你有實力，很快會被發掘。音樂是漫無邊際的創意藝術，需求新的面孔和創作，當一個新進歌手走進試音室，唱完一首歌之後，我們便會判斷到他或她是否會有『走紅』的條件。而香港，只是一個七百萬人口的城市，必須要有獨門秘方，才可以帶領中國、亞洲，以至全球的流行音樂，這課題不容易。在這裏，學習音樂的小孩子不少，但是，家長只為了現實利益，利用它去提升子女們的 resume，增加考入名校的機會；另外，有些怕小孩沒有學過音樂，會被人看低，非常趨炎附勢的想法：一方面強迫子女學音樂，一方面又不鼓勵他們全情投入音樂，怕將來以音樂為生，賺不到錢；對小朋友來說，這些教導只帶來矛盾和混亂，到頭來，不會孕育出 powerful 的音樂熱情和力量！香港只是一個城市，不單市場細，音樂人也少，於是，目前音樂圈過於穩打穩紮，抓緊

既有的局面。當缺乏有潛質的『新血』，自然地，大家抱殘守缺，所做的依舊是 Canto Pop 的 faded glory 或模仿外國歌曲的『二手』流行曲。但是，流行音樂最要緊是帶領潮流和新鮮感，才走出一條新路！」我好奇：「那麼？」Jason 笑：「那麼，如是優秀的音樂人才的話，不要怕，風雪中向理想進發；目前，internet 貫通全球，先在那裏天天拼搏，展露身手。音樂優才，始終是最寶貴的資源，全世界求才若渴，只要『有料』，會被發掘的！」

我探討下去：「有沒有好建議振興香港的流行音樂？」Jason 思考了一會：「先不要把流行音樂看作一門賺錢的生意，更何況它已經不賺錢；想入行的，更不應為了『錢途』而入行。年輕音樂人，先要調整心態，不可想着『爆紅』或『搵水』！更不可只講『包裝』、『宣傳』、『fandom』來『撳銀』，正如剛才所說的：流行音樂的真正成和敗，在乎『創意』這兩個字。我在美國多年，明白到如果新人只有熱情和勤力，但是沒有『料』創新意念，最終徒勞無功。現今香港的流行音樂，無論作曲、寫詞、編曲、唱功，許多都缺乏驚喜，那又如何打開華人以至世界音樂新路呢？所以，你問我如何振興，我認為做好『創意教育』及『作品創意』為根本，然後加上本地及海外市場推銷伎倆，才有希望！」

我問：「在美國，如何發掘一個新星？」Jason 說：「有傳統的方法，例如『自薦』、『經人介紹』、『歌唱比賽』；不過，唱片公司或電台在孕育新星的影響力愈來愈低。現在，充滿創意的年輕人會把自己的音樂作品放上網，展現個人獨特的風格，但最重要是音樂細節豐富、技巧精密，才可以引起注目；而『星探』專門搜尋高支持度的歌手，當網上點擊率去到一定的流量，唱片

公司便會聯絡這新人，看看如何結合他的粉絲量和唱片製作公司的推廣策略，合作推出一個樂壇新人！通常，先提升本地的受歡迎程度，第二步才走向國際！」

結束聊天前，Jason 吸了一口氣：「流行音樂，分析起來，它包含五部份：❶ 音樂 ❷ 演唱技巧 ❸ 歌詞 ❹ 音樂片的視覺效果 ❺ 歌星的吸引力和創新性，缺一不可；在某程度上，這些都可以培養，但最重要是避免抄襲和模仿的風氣，我期待充滿 inventiveness 的音樂製作公司在香港陸續出現！」

在香港，流行音樂已不是當年一場淋漓的擁吻，目前，它只是觀眾和音樂「貌合神離」的手拖手；是故，我們都去了韓國找新鮮的男、女朋友，oppa and dongsaeng！

如多些立根香港、探索世界的青年，像 Jason Wu，我們將會有新鮮空氣……

湯駿業：劇團的兩條腿如何走路

小草，是生命的象徵。樹，則要擋風雨；花，美麗但短暫，我寧願做小草。頑強的小草，太陽熱不焦，寒冬凍不壞，平凡、不好看，但腰板挺直，像我。哈，今次遇到另一好看小草，湯駿業（Edmond）。

Edmond 説：「給失意踐踏又如何，盡快取回發球權吧！」和 Edmond 太熟絡，見到他，想到青春少艾的他，皮膚像太陽蛋，吹吹，便彈起來；今天，他的皮膚已像歐姆蛋，仍是半凝固，可憐的我，不敵歲月摧殘，臉上，一窩蒸水蛋。

湯駿業的劇團叫「風車草」，他是主帥之一。風車草，英文叫 windmill grass，外貌像雨傘，原產於非洲，在湖泊大量生長；適應力強，扦插、分株都能繁殖。Edmond 的韌力，像風車草。

湯駿業，1978 年生，圈中人叫他「阿 Dee」，香港演藝學院畢業，曾獲「傑出演員獎」；又是導演、監製、歌手。2003 年，和校友邵美君、梁祖堯創辦了「風車草劇團」（Windmill Grass Theatre）。這劇團是目前最受年輕人歡迎，具有賣座實力。

快 20 年前了，看着他們成長：年輕人、歡笑臉、在闖蕩；「無氈無扇」，辛苦地從街市的小劇場、香港藝術中心、APA Lyric Theatre，演到葵青劇院，成為駐場藝團。十多年前，別人託我問他們：「娛樂公司找你們當藝人，去不去？」Edmond 想了數天，回覆是「一『夢』尚存」，還是堅持舞台夢。我在藝術委員會，

常肯定他們：「這樣有創意、有觀眾緣的年輕劇團，對其他演藝學院畢業同學，將是一個好鼓勵！」今天，他們不再青春，但「薑愈老愈辣」。

和 Edmond 喝咖啡，在 Starbucks 戶外，金鐘道往來電車經過，叮叮叮、隆隆隆，這怪調子，起伏着回憶。

Edmond 説：「哈，我是新界仔，屯門長大，小康之家，有爸媽和弟弟。中學參加業餘劇社，愛上了舞台，當時，年紀小，沒有想過前途。1998 年演藝學院收了我唸『演員』，於是放棄入理工大學的機會，跟着，度過了快樂數年，畢業後，才知道演員行業，『畢業等於失業』。我是雙魚座，需要安全感，不喜歡被動的事業，於是在 2003 年，找了梁祖堯、邵美君等人，自己『造』劇。2004 年，在牛池灣街市小劇場，政府免收租金，我們搞開心演出，叫《風吹憂愁散》，做了三場。哈哈哈，不要看輕那千多元的回報，我開心地告訴自己：『實力』，就是這樣一點一滴儲蓄回來。快二十多年了，我現想告訴年輕朋友『過一天，敲一天鐘』，是不行的，要 plan 和 push 自己，與其日子咬我，不如我咬日子！」

讚 Edmond：他是非常盡責的，大小事情找他，總給你一個交待；但受到太多事情牽掛，他往往忙到「慌失失」。和 Edmond 討論，他態度認真。現實中的他，沒有半點 drama，語氣平實，輕輕、柔柔。

問 Edmond：「你們的劇，經常演數十場，還爆滿，有甚麼秘訣？」Edmond 謙虛地説：「日子，不應用來唞氣，而是給我們有一個較長的空間，追趕向上爬。你看，我們走出了牛池灣的第一步，第二步便要挑戰較大的西灣河劇場，向康文署申請了製作費

資助，然後，『膽粗粗』寫信去美國，拿了《你咪理，我愛你，死未！》音樂劇的使用權；跟着，再向前，申請葵青劇院的『場地夥伴計劃』，secure 了一個定期演出的大本營。十多年前，更大膽地向民政事務局，申請了百萬元計的資助⋯⋯往後，跨過不少顛簸的高欄，才有今天的成績！」

我給了他一個 air quotes：「除了這『必須』，還有甚麼『肯定』？」Edmond 毫不猶豫：「兩條腿的發育：一條叫主觀；一條叫客觀。」我布鼓雷門：「中年人有了少許成就，或『新生代』自我感覺良好，便容易過分主觀，變為自大；另一批人，卻相反，缺乏主見，『過分客觀』，甚麼都是聽人的，在手機年代，algorithm 作怪，每天含着『電子奶嘴』，甚麼都吞下肚。」Edmond：「作為舞台工作者，我把主觀視為『藝術工作者所喜歡的』；客觀視為『普羅大眾所喜歡的』：藝術家，必須要勇於表

達自己個人的思想，但另一方面，藝術可能比起宗教，又遠離普通人的生活。這時候，我要注意『娛樂』了：如何以大家覺得愉快、以至嘻嘻哈哈的手段，注入一個戲劇，平衡成為美妙樂章，讓觀眾既開心，又有得着。」我點頭：「非知之艱，行之惟艱，是我們每人面對的挑戰，故此，太多人只是『大隻講』先生！」

我説：「你懂得市場學，怪不得近年很少再向政府申請資助。」Edmond 搖頭：「唉，多些資助，我可以更具野心；但是，目前政府可分配的資源，僧多粥少，可以怎樣？」

我問：「對你來説，甚麼是舞台市場學？」Edmond 瀰漫着自信：「了解你目標觀眾的年齡、背景和需要？」我疑惑：「需要？」他攤着手：「明白他們的心靈需要。來看戲劇的人，或多或少，想尋找一些意蘊，即看完回家後，可以咀嚼的哲學，例如問：人生是甚麼？《你咪理，我愛你，死未！》演出前前後後，超過100場，因為它談生、老、病、死，這些都是觀眾關心的題目。又例如我們另一個劇，叫《屈獄情》（Bent），是關於三十年代，德國的男同志被迫害至死，主旨是一句歌詞『只會讓更多罪名埋沒愛』，引起觀眾的熱烈討論。我喜歡戲劇，是因為它的功能和特點，有別於電視、電影或網上娛樂，我可以把自己『思想喜好』和『娛樂成份』兩者，放在一起，而來看舞台劇的觀眾，亦期望兩者互動；今天，我仍在摸索，希望我的『主觀』意念，和觀眾的『客觀』要求，達到杯和水、水和杯般融洽。」我同意：「在劇院裏，可幸有一批教育水平較高的觀眾！」

Edmond 意猶未盡：「在 2013 年，我看準了一齣外國的惹笑音樂劇，叫《Avenue Q》（《Q畸大道》），是手提木偶演出音樂劇，

內容針對人性的幽暗面，如種族、性別歧視等，我猜：這些好笑、又 mean、發人深省的內容，是我個人喜歡的，亦應該是大眾們接受的，果然，給我猜中，這個劇反應超乎理想。」

我好奇：「你永遠『兩條腿走路』？」Edmond 遠望金鐘道的夕陽：「不一定。有些劇，是我自己的偏好，只要計算到虧蝕幅度，我便去馬。另一種，是非常『商業』的計算，是為了票房。我覺得，做甚麼不重要，最重要是：Do you know what you are doing？Do you get the result that you want？ 那種『時間花得其所』的心情，是愉快的。」

我說：「風車草這類劇團，好像未見有成功接班人？」Edmond 語帶惆悵：「成功，要不斷有作品，然後，年輕人從作品中鍛煉，才可從幼嫩中，修成正果。可惜，香港的劇場空間真的不夠，對新人來說，極其量，一年只有數天的演出機會，很難突圍而去！我們的出道年份，可算幸運的。」

Green Tea Latte，太好喝了。我擦擦嘴：「風車草的未來方向？」Edmond 毫不忸怩：「笑中有淚，淚中有笑；莊諧並重，雅俗共賞。」我哼了一聲羨慕：「還有，星光熠熠！」Edmond 笑了：「也許，我們的作品，有一定品質，著名的演藝人，相信我們劇團可以為他們『留倩影』，故此，樂意和我們 crossover。」

我問：「今天年輕觀眾和從前的，有甚麼分別？」他想想：「因為電腦、手機等普及，讓今天的年輕人眼界大開，他們的見識，比從前的我們豐富，很容易捉摸到舞台上表達甚麼，但是，他們的『專注力』、『幻想力』和『消化力』，沒有以前的觀眾好。以前的觀眾，就一句對白、一段歌詞，會咀嚼得很深很深，現在，

是 microwave 年代，time span 放得不夠，叮一聲，腦袋便跳去別的東西。」我汗毛豎立了：「太準確了！那種心態，像『復甦急救』，開場半小時內，便期待五光十色兼備：舞台、服裝、故事、音樂啦，最好的通通奉上；如手指撥手機一樣，快、多、好！」

我說：「有沒有擔心脫節？」Edmond 堅定地：「沒有。我是緊貼時代的人，況且，人就是人，雖然年代不同，故事、說話、細節也許不一樣，但是，生命的靈魂，都是一樣的；舉例，悲歡離合、正義勇敢、追求真善美啦⋯⋯似不同，其實，都一樣同。」

我拍手趁西風：「說得好。阿 Dee，初心有變否？」Edmond 又想想：「當年，搞劇團，是為了有工作做、在劇壇佔有位置。今天，也許做到了，但是，我想觀眾在劇終，會有思想收穫，可以品嚐意義，不管苦的、甜的。」

最近，我經常說「轉眼間」，在香港的劇壇，轉眼間，許多人消失了、風華不再，記憶依稀。而新人、新事，如 tsunami 湧現，所以，見到湯駿業這「老」朋友，我非常感觸；想起 2000 那年，「千年蟲」沒有來，原來吃人的「千年獸」卻來了，它是手機、網上科技，把我們的正常人生翻天覆地了⋯⋯

張敬軒：樂壇審時互動的「社工」

很久沒有去紅館；歌星，日上了，日落了，留下的只餘思念。維港，曾親吻星光燦爛。

夜空的星星，像無數的綿羊；月亮，如白色德國牧羊犬，照顧着小綿羊。歌迷是星星，月亮是張敬軒（Hins）；當「軒公」帶頭唱《櫻花樹下》，全港過百萬歌迷大合唱。

樂壇前輩告訴我：「笨的，當不了樂壇超級巨星；當歌星，要單打獨鬥，在台上和台下施展魅力，吸住 fans，靠經理人？可惜有些功力有限，再者，魅力是個人的能量；所以，歌星要『有藝』兼『有腦』，才能充份『發電』。『審時互動』來俘虜觀眾，少點智慧都不行，而張敬軒，是成功的表表者！」去年，他的大紅歌曲竟叫《俏郎君》，令「中坑」一族想起七十年代的《The Way We Were》，於是也被虜為粉絲。

看看上一輩的巨星，如何以智慧應對傳媒？記者問張學友是否不愛國，他說：「中國人是以理服人，所謂聽其言，觀其行，本人是否愛國愛港，自有公論。」答案不偏不倚、大方得體。記者問劉德華為何愛國，他說：「我嘴巴在唱，眼睛在看，想到幾千年來，我們中國人的苦難。」答案和民族歷史攸關，四兩撥千斤。

近年，年輕人的偶像中，張敬軒的急才最為厲害，展示了 situational leadership，懂得和社會發生的事情互動，又常常照顧其他年輕歌手，泳兒稱他為眾藝人的「社工」。娛樂傳媒，要找

及時的新意內容，這方面，最能滿足他們的，就是張敬軒。

　　張敬軒（Hins），1981 年在廣州出生，成長於內地；2001 年進入歌壇；2002 年，來香港發展，事業經歷過高高低低，最困難時候，銀行結餘只有 3,000 元，做辦公室兼職，還患上抑鬱症。Hins 被稱為「E 世代全才」，作曲、作詞、編曲、製作，一手包辦，更獲獎無數；2017 年獲得倫敦音樂學院頒發榮譽碩士，他是目前最有影響力的「資深年輕」superstar。

　　「超世代」的譚詠麟已是玩票性質；「X 世代」的四大天王變了「爸爸級」；「Y 年代」的謝霆鋒和陳奕迅在香港，若隱若現，只算「神鋒突擊隊」。只有「E（electronic）世代」的張敬軒，堅持「on my way」，他唱：「生活是生生不斷的足印。」Hins 通過了 20 年的「實力測試」，愈戰愈勇。立法會議員劉國勳說：「Hins 是第一代『新香港人』，大灣區來港的精英，良好的人才交流。」

　　剛剛，Hins 辦了入行 20 週年的紅館演唱會，共 26 場。我看過，很高水平。有些地方，要用心才看得出的，例如，他的服裝，暗藏「雌雄同體」的新社會意識。現今，「歌道不景」，還開 26 場？其他歌星怎不能「口水嗲嗲渧」？演唱會由新一代年輕「金牌監製」Alex Fung（馮貽柏）打骰。Alex 是完美主義者，他說：「外在新意和內在昇華，是我每次做 show 都想『交貨』的，當然，兩者受制於 budget 和觀眾對新事物的接受程度。」Alex 從香港演藝學院畢業，為劉德華公司服務了數年，愛推動舞台的突破。他告訴我：「每次，我會找些藝術家跨界別演出或給予年輕設計師機會、讓有潛質的新人曝光；當然，香港的演唱會未必最豪華，但希望做到最 respectable、tasteful 和 trendsetting 的！」我認識的

一位媒體藝術家 John Wong 便很感激 Alex 和 Hins 某年的演唱會，找他使用 media art，呈現了消失的灣仔面貌。

近年，Hins 的唱功愈來愈厲害，可列入中國「巨肺幫」。Alex 笑：「我和 Hins 希望觀眾不只『物有所值』，而是『超值』，祝願香港的演唱會行業興旺！」Hins 更謙虛：「我給演唱會 80 分吧，扣的 20 分，是因為有時候機器故障！」

觀眾看演唱會，有 4 大理由：第一，是「粉絲」捧偶像；第二，聽喜歡的歌曲；第三，享受舞台的製作；我是第四類，聽一些能言善道、滿舌生花的歌星暢談人生，大笑一個晚上。某年，看王菲演唱會，「撬」都不開口。嘩！徐小鳳的演唱會，「笑死冇命賠」。看情況，Hins 會接小鳳姐的班。他幽默抵死，「唔聲唔聲，

笑你一聲」。例如，他在演唱會説：「每晚都超時演出，場地會向公司罰錢，我將要向老闆『跪玻璃』！」又開玩笑：「為了答謝大家，我今晚『唔要命咁唱』！」歌星周國賢上台送他家族售賣的罐頭鮑魚，Hins 想想：「這個算是『植入式』廣告，但願我倆友誼像鮑魚，『真空包裝，歷久常新』！」張敬軒呼籲歌迷不要舉起巨型支持紙牌，説：「紙牌既不環保，又擋着後面觀眾視線，我叫了同事準備『化寶盤』啦！」

聽了很多幕後人員稱讚 Hins 念舊。杜國威老師説：「和他合作《我和秋天有個約會》話劇，他常常大袋小袋請大家吃東西。」阮兆輝老師和 Hins 合作南音 crossover 流行曲《魂遊記》，老師説：「軒仔尊敬長輩，向青年們推介被遺忘的廣東傳統音樂！」

他身邊的朋友説：「很多事情，別人眼中是『蝕底』，軒仔總是説：『OK！』然後自己掏腰包！」另一行家説：「我兒子往外國讀書，他竟然收到軒仔的勉勵！」過去，有些意見針對 Hins 的時事立場，但願排斥有「日落條款」，免影響一個香港精英作出更大貢獻。

作家 Pawan Mishra 寫過：「He was one of those who are not born handsome, but develop charming features with age by continuously engaging their brains with intelligent thoughts.」Hins 就是這類良品，腦袋跟隨年齡進步。老行家説：「歌星不用擔心好不好看，紅了，有了自信，誰都好看，但是，缺乏智慧和急才，是許多歌星再上一層的障礙！」Hins 以特別的親和力，揭開自己生活的五臟六腑。他拍了一個自製的 online 趣劇，利用一個「借豉油」的鄰居，把家裏情況公開，字字珠璣！在演唱會中，他訴

说童年在廣州的回憶，特別是被親戚指責他偷吃「波板糖」，他說：「小朋友，最討厭的是遭人冤枉！」

我覺得今天的軒仔比任何香港人更擁抱香港，政府要推行「好市民」教育，改善年輕一代的修養，應找張敬軒作代言人，則會「佗佗佻佻」，因為他跟新一輩「亦師亦友」。Hins 最懂得玩 social media，他家傭煮飯的詭譎菜式，也可以百萬人收看。

軒公的新聞，天天新鮮：例如進軍「元宇宙」，建立「Hinsland」、歌手洗靖峰不獲邀任他的演唱會嘉賓，軒公寄語「做好作品比做嘉賓更有意義」、張敬軒聘請專家，向 MIRROR 演唱會意外事件的舞者進行情緒輔導、軒公為舞者成立獎學金，數目不少於 7 位數字、真光女書院邀請他出席校慶，他爽快現身。

Hins 談話親切溫柔，連記者也變了「粉絲」；他說：「很多 dancers 來自社會基層，我要協助他們，讓更多人可以追夢！」最近，張敬軒「突襲」新世代歌手 Tyson Yoshi 演唱會的後台，勉勵他：「我以前得到前輩的恩惠，希望自己現在幫到年輕一輩，這是良性循環。」

每個世代都有流行話題，張敬軒是香港的「時事梗」，擁有最火的走心句，句句打動人心，是網媒時代的大將軍，加上卓越才藝，拾級踏上了今天香港歌壇「一哥」的位置。

以前，歌星是高高在上、遙不可及，充滿神秘感；今天，藝人要透明、坦蕩，「埋身」在 social media 和大家打成一片，那些害羞、不擅交際和缺乏智慧的，單靠「聲、色、藝」，只會「心有餘而力不足」，打不開巨星的門鎖！上月，我在大學講課，我說：「對藝人來說，今天是綜合實力考驗的年代，除了專業水平，

你要大紅？還問自己有沒有『CHIC』：C（charisma）、H（hard work）、I（intelligence）、C（communication）的能力呢？」有些歌星還假裝笨笨，以為可愛，不知道今天要紅，便要帶腦「入屋」！

競爭殘酷，在互聯網的日子，對手來自全世界；當然，機會也來自全世界，但不會自動送上門。成功，要審時互動。產品、企業以至政府的宣傳，愈來愈 situational 和 reactive。

地球留下的生物品種，將不是最強的，而是對生存作出最快反應的一群！

林旡汗：為何音樂是「時間轉移」

以為夜來，才能夢睡；那中午、一剎那，倒頭睡了，才知道，甜寢和晚露無關。

有一位財主以為富貴後，才該談文化。某天，他聽了關淑怡的《深夜港灣》，念舊情傷；他笑：「麻木了 40 年的心坎，首次顫動！那是多少錢也買不到的……」文化，不必用錢換回來；它敲了門，如雨，潤物無聲。

香港炙手可熱的年輕管弦樂團指揮家林旡汗（Stephen Lam），待人熱誠，他用音樂，襯托眾生。數小時的閒聊，充滿耐性：「音樂無分『雅文化』和『俗文化』，只有好與壞的區別。音樂不僅是聲音的藝術，更是『時間轉移』的美學！」我問：「此話何解？」Stephen「鬼馬」地說：「聽到《Libertango》，你走進快樂；聽到《Schindler's List》，你墮入悲傷。音樂，是情感的反芻：『睹物思人，聽樂思情』。音樂，把我們從現實中抽出來，擲進不同的心緒時空：韶華現，光陰逝，有時候做回自己、有時候換上別人，可感受 1775 年莫札特在奧地利的生活、又可奔往 2022 年英國 Ed Sheeran 的世界。」

我問 Stephen：「你的故事是甚麼？」他移移眼鏡：「追夢吧！我在西環聖保羅書院唸書，很愛音樂，參與不同團體，代表學校出外交流。到了大學，以為自己會『現實』一點，於是，2005 年，在中文大學主修環境科學。但是，音樂對我的呼喚聲愈來愈大，

我去過奧地利參加音樂營、美國賓夕凡尼亞州大學當音樂交流生，又擔任過聖彼得堡室樂團、維也納青年愛樂管弦樂團、澳門青年交響樂團的客席指揮，這些體驗加強了我對音樂的信念；於是，完成了 2011 年香港大學的文學研究碩士後，我脫下人生的保護罩，咬緊牙關，決定去維也納音樂及表演藝術大學（University of Music and Performing Arts Vienna），唸指揮碩士。在 Vienna，我享受了七年的音樂人生，學會了德文及意大利文；於 2017 年，回到香港，音樂變成終生事業。」

我瞪眼：「有否後悔回港？」Stephen 回敬一笑：「香港人對音樂的接受能力很高，不賴；但是，大部份人仍缺乏對聲音以至音樂的聯想能力。當聽到音樂，我們應該根據生命的體會，編織出一個屬於自己的故事；不同的人，有不一樣的創作，然後，享受自己遐想出來的世界。所以，音樂在眾多藝術之中，給了人類最大的情感發揮空間，同樣的一段音樂，各有各的聯想、各有各的喜怒哀樂，太棒了！」

我和應：「每次，我聽到 Tchaikovsky 的《Autumn Song》，便會想起某年在南丫島攀山！在世上，愛和音樂，讓我們哭笑也極美！」

Stephen 喟然：「香港很奇怪，教育只介紹了甚麼是音樂？有哪些音樂？甚至鼓勵大家去音樂會，all about information and exposure，但是，很少教人如何『欣賞』音樂？『發揮』音樂用處？」我笑：「請簡述之！」他像位老師：「音樂是一個 cognitive development（認知發展），我們要學會如何去理解一段音樂，感受它，把它和自己回憶及情緒互通，讓它撫平不快、激發鬥志，

甚至增加想像力、思考力、聽覺及語言技能。音樂欣賞不應是一刻的『單向反應』，而是恆久的『雙向互動』！可惜，也許這過程太唯心、也太抽象，老師很少會揭開一個學生的靈魂，教懂他如何利用音樂去『美麗』自己。」

我深深有感：「有一首歌，叫《把悲傷留給自己》，最初，只知道它是一首情歌：『把我的悲傷留給自己，你的美麗讓你帶走。』聽聽就算，往後，有一個朋友告訴我：『創唱人陳昇在澎湖晚上的海邊，看着星星，突然感觸，他說：「那點觸悟，可能是星星，也可能是海風，或是海浪；人，往往有某一種感覺刹那間到來，當時身上沒有紙筆，我趕快衝去車，拿了一支筆，可是沒有紙，只好寫在煙盒上！」』就這樣，我懂得和這一首歌溝通；每當失意之時，我看着海和星星流下銀色的淚，便立刻想起陳昇的這首歌，我腦海的悲傷，和陳昇的肯定不一樣，但是同樣地，悲傷療癒了悲傷。為了這首歌，我去了此生唯一一次的澎湖，逗留兩天！」

Stephen 贊成：「每次，在音樂會，我會反傳統，花些時間解釋樂章，它表達甚麼？為何快板？慢板？觀眾如何欣賞感受？」

他頓頓：「今時今日，家長都逼小朋友學樂器，為的是拿一張證書；孩子們有了技巧，心靈卻未懂和音樂互動，於是靈魂飛不到草原、攀不上雪山。有了 internet，今天接觸音樂太容易，但是，如凡夫們起心動念時，曉得用音樂作為鑰匙，打開自己情感世界，那才是香港人能否擁有文化修養的關鍵！」

Stephen 吃了一口蛋糕：「青少年多愛流行音樂，喜歡『夾 band』，但是，如能先學習古典音樂或傳統中樂，這『打底』很有用，因為這些音樂複雜性高、思考性強，是音樂人的紮實基礎，

在外國，許多優秀的 pop artist，都有『古典底』！」我同意：「好高興見到新一代的流行歌手，正統音樂學院出身，例如 Gareth T、Gin Lee。」Stephen 補充：「此外，接觸中西樂也是必須的，西方古典音樂如像天上結構華麗的神殿，中樂如地上縹碧的清泉，兩者是不同的哲學。而且，香港人生來便有一副『中西合體』的 DNA 系統，我們最強的便是『中國思想，用西樂去表達』；『西方思想，用中樂去演繹』，只要不是非驢非馬，香港人的音樂成就將了不起！」

我問 Stephen：「你打算在這方面貢獻？」他害羞，抬抬眼鏡：「對！過去，中樂吸收了大量『西樂』，如在作曲、編曲、樂器方面；但是，西樂所包容的『中樂』元素，仍未夠豐富，我希望能夠創出一條全世界都喜歡的『東西風』！」

我談得興起：「香港的音樂發展，遇到的問題是甚麼？」他認真地：「太保守！太因循！我們常常困於一條無形的公式，舉例來說：古典音樂，便是『大會堂做開嗰隻』；流行音樂，便是『紅館做開嗰隻』，無論構思、內容、執行上，百人一貌，頗墨守成規。」

他端詳了空氣一會：「況且，為何總是說『音樂走入學校』？而不是『學校走出去社區接觸音樂』，我希望音樂不是『為學習而學習』的東西，它應該是『因現實生活而學習』的東西，舉例來說，唱歌，可以在公園唱、或在路邊 busking；我希望通過音樂，青少年們都能夠感受到音樂對每天生活的 impact。」

Stephen 深呼吸：「香港的青少年，其實充滿音樂才華，只是這裏地方小，局限了他們的眼界。希望政府各地的海外辦事處，

能夠設立一個『文化專員』的職位，讓小朋友動人的音樂演出，去遍世界各地，這對他們的音樂視野，及對推廣香港文化形象，都有好處。」我笑說：「對！『大事從小時開始』，你看，香港人原本以為微不足道的菠蘿包、熱鴛鴦、雞蛋仔，竟然變成香港對外的『公關大使』！」

我再問林岕汧：「音樂對你有沒有隱秘意義？」他偷笑：「有，那是《遊園驚夢》！明代的湯顯祖寫了一個戲曲叫《牡丹亭》，其中一個曲目叫《遊園驚夢》，最引人入勝的是它的故事：閨女杜麗娘遊園後，夢中邂逅一名俊才郎，但過度思念他，鬱鬱而終，家人把她的神位放置在梅花庵內，書生柳夢梅遇險後，剛巧在此處休養，原來他正是麗娘的夢中情郎，於是，一段淒美的人鬼戀從而展開。其中一句，對我來説，便是音樂的意義：『不到園林，怎知春色如許！』正如我剛才再説，音樂是『時間轉移』，靈魂可以『遊園』，但當夢醒，又回到『驚夢』後的現實，只有音樂，可讓我們享受那半虛半實的精神美景！」聽了 Stephen 這番話，想痛哭一場：我想寫半虛半實的小説故事，可惜，本人的「真人真事」訪問稿，卻最受讀者認同，可否讓我的文字也「遊園驚夢」？

今時今日，機器愈來愈像人，人也愈來愈像機器，只有靈魂可以把人類和機器區分，故此，我們需要音樂。

張貝芝：音樂美女的獨立宣言

　　幡然，女人變了，好的、壞的；女人也是水造，軟水、硬水，兩種。

　　優秀的女人，呵，不需要扮公主逼男人屈服、不需要裝腔作勢跟男人逞強、不屑和負心漢用刺青「battle」、不需要楚楚可憐求取男人的同情、不需要袒胸露臂證明自己價值，更不用煙視媚行，招誘男人供養；但願意滾釘床的男人，多的是。

　　現代獨立女性的「2.0 版」，對於性別一事，不再敏感，不「燒胸圍」上街，管他男或男、女或女、或男女合體，人便是人，不會哭訴給男人欺負，不會把「男女平等」掛在嘴邊，更不會因自己是女性，想爭取任何優惠；用香港出色音樂家張貝芝（Joyce Cheung）的一句話，「我，一個人」囉！

　　男人們，喜歡但也最怕跟漂亮的女孩子交手，怕蜚短流長，但如果這個女孩子跟 Joyce 一樣，boyish、爽快、不扭扭擰擰、有問必答，像跟弟弟來往，開心至極。

　　我認識 Joyce 數年，是我的 MVP，外貌是美女，性格是男生，容易相處；問：「為何你這般獨立？」Joyce 措手不及：「啊啊，我獨立嗎？要分析下來，可能我是家裏的大姐姐，從小照顧妹妹，天呀，她也獨立了，現在是一個新聞工作者。加上我的性格，雙魚座吧，有種『捨己助人』的情結，I am a big caregiver！而且，感激父母，給了我音樂世界，多了一個傾訴情感的朋友。音

樂，幫助我放膽和陌生人溝通，又讓我相信自己的志向。It fulfils me！媽媽從小便教我彈鋼琴，哈，有事情，借用音樂的肩膊！」

一個生於 1993 年的「九十後」，她想想：「聖保羅男女中學畢業後，我隻身飛去波士頓唸音樂，在 Berklee College of Music 拿了學士和碩士學位，也拿了一些獎項和獎金。2017 年，決定留在香港發展音樂事業，我愛香港，莫名的歸屬感，我愛親人、朋友、音樂同道；香港有的是人才，只欠發揮的機會！」

我問：「你不悲觀？」Joyce 望着我：「不悲觀！機會的可塑性，在乎自己的行動；我的缺點是太快太急，幸好，丈夫把我拉拉，折衡一下，我才會按部就班。」

我再問：「那你的未來構想是甚麼？」她答：「音樂的成就，應該是藝技和概念兩者的突破，我偏重後者。Fusion is my thing！小時候，浸淫的都是西洋古典音樂，到了大學，接觸到 jazz 和其他音樂，我在想：音樂應該不分古今、嚴肅或流行、中及西，只要優美、悦耳的，便是好音樂，把音樂人分類，只是方便，並非必須；人，在演變，音樂也應該演變，我的野心是超越形式和界限，找出 100% Joyce Cheung 的音樂：它是充滿色彩、盼望、動力和節拍！哼，我曾失敗，但往後，有一口氣，再來過！反正香港是古今中西水乳交融之地，我希望像煙花，給這城市美麗的一刻。」

我向她「考牌」：「路，是如何走出來呢？比你更年輕的音樂家，想知道！」她眨眨大眼睛：「人微言輕呀！首先，不要害羞，主動交朋友，尋找機會，當機會來了，永遠抱着『試試』的心態，根據別人的要求，交足功課；要盡責，回覆別人要快，答

應便做，別麻麻煩煩，香港的音樂『行頭』很細小，名聲壞了，便沒有人信任。當你構思了自己的音樂路向，便 consistent and persistent，不要輕言放棄，要傻昧昧捱下去，勿左搖右擺，叫別人摸不着你的特長。如果沒有人找你，必須保持生產量，製作一些 MV 或樂曲，放上網。手機科技玩轉了地球，很多事情，包括文化和藝術，都是處於一個新舊交替的 moment；我們這一代是幸運的，要急急把握！」

　　我取笑：「你走過的路，容易吧！？」她搖頭：「世上，沒有容易一事，成功，許多只是偶然。我 2020 年的唱片《Set Loose》是古典和其他音樂的『混血兒』，反應很正面，給了我信心。2022 年，出版了 fusion 的《Jazzical Collection》，音樂更

個人化。音樂人，最需要兩個『知』字：知名度和知音人！」

我插嘴：「看了你在西九文化區的 concert，古典樂團加進 jazz band，非常精彩，每首樂譜都教人扼腕抵掌，觀眾一次又一次站起來拍掌！」Joyce 引逗：「謝謝賞面！」我追問：「音樂人成名後，路又如何呢？」她沉思：「我的看法：在香港建立了知名度後，要打拼亞洲的聲譽，爭取在外地演出。有了基礎，不要自滿，繼續作出『雖敗猶榮』的大膽嘗試，和不同音樂人合作，帶來新意，讓藝術生命再生嫩苗；年紀大了，便從前線退到後排，幫助新人。肯作育英才、滿臉皺紋的智者，才是每一行頭所敬重的人。」

我沒有禮貌：「有一天，有了小孩子，怎辦？」她咯咯笑：「高興呀！我老公是我人生最大的支柱，要獎勵他呀！當然，多照顧一個人，只好減產，但不要停產，音樂的『質』和『量』，可以分開兩者的比重！我出生後，音樂已成為 Joyce 的一部份，到了生命盡頭，也不能離開我！」我開玩笑：「可有大提琴棺材呢？」

拜拜前，開心的張貝芝留下一句話：「COVID-19 的人類大災害，但給了我許多時間創作音樂，也叫我思考良多：世事，沒有必然或永遠有把握的；對待自己、別人、世事，要有心理準備，每刻都在變、變、變，故此放鬆胸襟，以柔制剛，如小朋友唸書般勤力，一級上一級，終生吸收新東西；那樣，離開地球的時候，才不會發覺自己原來從沒進步！」

獨立女性，坐下來，面對面，你不把她看作女性，她也沒有把自己看作女性；男人更不知道她有多高，但當她站起來，手指卻在天花板繪畫，大家才大吃一驚。誠懇、自然、內心美麗的女性，如 Joyce，對我來説，有 180cm 般高！

Pen So：黑白漫畫的香港情感

2022 年，一個年輕人 Pen So（蘇頌文）從 77 個國家的參賽者中，贏得「日本國際漫畫獎」（Japan International MANGA Award）銀獎，香港人，感到光榮。

未來流行藝術，走向 ACGN（即 Animation〔動畫〕、Comics〔漫畫〕、Game〔遊戲〕、Novel〔小説〕）的跨方向，我對 Pen So 這充滿才華的年輕人，寄予厚望。

因為沒有書唸，社會才產生「文盲」，到了教育普及，卻出現另外一批「思盲」：即人家説甚麼，他們就跟着説甚麼；人家做甚麼，他們就做甚麼。事情不過腦子，更不會反思事業的其他可能！Pen So 走孤單的路，但成就會更大！

很多人，缺少獨立思考，沒有勇氣追尋理想，於是，人云亦云，生命的自主，也親手斬掉。

香港家長常見的通病，是不理會孩子的資質，強迫他們修讀以為是「高薪厚職」或「光宗耀祖」的科目，如工商管理、金融、法律等，卻沒有考慮子女的興趣和才能，結果，當他們進入職場後，平平庸庸，抱憾終身。

Pen So，一個了不起的年輕人，面對人生關口和理想時，累死累活。多年來，他堅持以漫畫來表達內心世界，無論是他的「黑白」漫畫、「災難」漫畫，在我心目中，都是世界級的；Pen So 將來的成就，應該是香港的「新海誠」吧。

　　他笑得哈哈哈:「談及我的過去,一幕幕,回憶像電影。唸中學時,文科、理科、商科,我都慘敗!只有美術,『食菜咁易』,我用了墨水筆,畫了些『動漫 feel』的東西,便拿了一個『A』,於是,天賦引領我該走的路,而父母很『另類』,他們支持我追求藝術。當時,沒想過『大學』這回事,觀塘的 HKDI(香港知專,

是培育創意人才的設計學院）取錄了我，唸『廣告包裝及品牌設計』。2008 年拿了 Higher Diploma 後，對於是否要走藝術的路，仍然『心大心細』！」

Pen So 活潑誠懇、說服力強，答案精簡，沒有「BS」。

他歪歪頭，想想：「我相信遺傳因子這回事，爸爸喜歡藝術，可惜現實生活中，他和媽媽是賣時裝的，哈哈，從小到大，我都聽到一個『靚』字：這件靚，那件不靚。哥哥是平面設計師，主要做 website，全家靠創意『搵食』。」

我好奇：「你的優秀漫畫作品，許多都是有關香港的鬧市，為甚麼？」Pen 答：「小時候，爸媽把我交嫲嫲照顧，她住油麻地，我小學唸德信學校，中學是天主教新民書院，都在油尖旺一帶；擠迫鬧市、新舊決戰，這浪漫和美麗，更成為我的創作靈感！」

我很有共鳴：「嘩，我們這群『香港仔』，見到你的作品，關於香港景物、香港故事，再用夢幻手法表達，讓我們找到失落的回憶；例如你的得獎作品《回憶見》：講一名女歌手失憶，醒來後，手中拿着一本畫簿，內容都是香港的建築物和街景，包括油麻地戲院、廟街美都餐廳、珍寶海鮮舫……於是她決心尋找往昔；你的漫畫絕對敲中『心縈舊夢』的本土情懷！」

Pen 深思了一會：「本來，我和許多香港人一樣，只關心『搵食』，安安分分打工便算。HKDI 畢業後，我在一家專做日本『licensed character products』的公司上班，從設計、生產、大灣區『睇廠』、QC、包裝、動漫節賣貨……全部一手包辦，十八般武藝集於一身；雖然收入穩定，不過，我時刻思索生命的意義在哪裏？」我又好奇：「在哪？」他「鬼馬」地笑：「我最初以為

是當老闆！後來發覺不是！」我回應：「我也曾經這樣想。做生意，似乎是中國人的 DNA！」Pen 惆悵話當年：「在 2013 年，我和朋友開了一間『廣告包裝』公司，full-time 做設計，以為生意做得愈大，就愈有成功感；可是，內心藝術的呼喚，告訴自己不是這回事：我經常懷念的，反而是小時候，呆看 TV 的 60 年代『黑白粵語長片』，謝賢在漫步、胡楓在開車，那時，簡單、寧靜、漂亮的街道，好美麗動人，我很想跳進數十年前的香港去生活，也很有衝動下筆，把當年的黑白世界繪畫出來，可惜，每天仍要忙於工作、賺錢、工作⋯⋯」

Pen 遙望遠處：「當時，人生太乏味了，於是，每天下班後，我瘋狂『打機』，麻醉自己。突然，有一天，朋友告訴我漫畫大師馬榮成在灣仔茂蘿街的『動漫基地』，主辦了一個動漫繪畫班，我決定報名，改變生命，重拾對黑白漫畫的初心。跟着的日子，太開心了，我可以和一群同學互相切磋、搞展覽、出版作品集、參加比賽；馬榮成老師對我們既關心，又支持。往後，我拿了一些獎項，可不要『睇低』這些表彰，它鼓勵我堅持下去！」

我同意：「在我來說，寫文章也是一樣，收入多少，也不是重點；別人的共鳴，才是我堅持寫下去的理由！」

Pen 點頭：「在 2016 年，我不理會蝕錢，也不再想耽誤生命在商業設計；於是鼓起勇氣，用儲蓄得來的錢，和出版社合作出版。當時，心態是『死就死』，既然『洗濕個頭』，就追尋理想到底吧，我們出版了一本類似『寫真日記』，叫做《香港災難》，而且，堅持製作精美的硬冊本，全部畫作，都是我的黑白墨水筆手繪，每本售價 HK$170。哈哈，自己非常任性，懶理甚麼是商業

需要、甚麼是財務風險，人生難得『我，便是我自己吧』！誰猜到，畫冊竟然好評如潮，它獲得『香港金閱讀獎』、『香港印製大獎』、『香港出版雙年獎』的獎項，然後，再版、三版，賣出了數千本。這理想的成績，讓我這個新人得到肯定，加強了勇氣奮鬥下去。原來，失敗時候，固然要堅持初心，成功呢？也要堅持再攀上另一高峰。正如一位前輩所說：『喂，你第一本畫冊去到咁盡，以後，別人對你的要求，只會一次比一次高！』所以，那時候最擔心的，是自己的潛能會否用光了？幸好，香港藝術中心跟着找我做展覽，好感激他們的總幹事 Connie Lam，她給我機會在藝術領域更上一層樓。嗯！我希望將來畫出來的東西，不是消費品，而是藝術品，在香港的文化索引裏，留下價值！同時，我鼓起勇氣，結束了商業設計公司，專心做漫畫的創作！」

Pen So 的堅持，真叫我「見賢思齊」，心酸酸的：「對，藝術的卓越追求，是無底深潭！有些人，在水面中亂爬；有些人，摸到礁石，便以為是水底；有些人到死，頭還浮在水面。」

我問 Pen So：「為甚麼你喜歡以『災禍』為題材？」他拍拍手背：「世間上，有些東西，是你既會害怕，但又喜歡的。你不覺得『天災橫禍』，如地震、海嘯，既可怕，但是又震撼。而且，腦海有災難的場景，我會較容易墜入創作思維；驚恐，讓我產生了『存在感』，當我想像自己在一個 dramatic setting 的時候，便立刻有靈感落筆。很奇怪吧？」我取笑：「苦中作樂的浪漫。」他點頭：「對，我是一個不懂寫字的小說家，圖畫，便是我的『符號』！」我回應：「那麼，我是一個用文字來繪畫的『工匠』！」Pen 忍俊不禁：「我們年輕一輩，非常關心『環保』議題，其實，

許多天災橫禍，如 global warming，都是破壞環境的苦果！」

　　最後，我問 Pen 還有甚麼堅持的？他認真地：「馬榮成老師對我說：『你的漫畫很有電影感！』我會努力堅持，直到有一天，希望以我的『黑白災難漫畫』，拍到一部全球播映的動漫電影。當然，目前我所擁有的只是一個在九龍灣 100 呎的微細 studio，為了省錢，我要和父母同住。藝術家的路不容易，我的部份收入，仍然要靠為別人 freelance 做插畫、出售我的畫作；如果『好彩』，便賣到數萬元一幅，目前，想儲蓄多些『彈藥』，直到達成這終極夢想！」Pen 低頭：「不過，手機普遍後，人們多了不同的娛樂和嗜好，在外國和香港，漸漸地，動漫不再是主流文化，變成小眾趣味，而當我繪畫出來的東西，慢慢地走向『思考性』，我的路也許更窄，所以，一個『唔覺意』，會無得畫下去㗎；不過，動漫『勝在』是『跨媒體』常用的工具，例如廣告、signage 等，變相又會讓存活空間擴大了，我希望可以靠 slashie 為生，用『外快』延續藝術夢！」我伸出右手：「我們作為文化藝術工作者，誰人沒有為前途而恐懼過，『驚就兩份』吧！」

　　九九盡，春已歸，香港的社會已回復穩定，經濟步向復甦，但願這場驚蟄，帶來雷響、帶來電閃，讓萬物重拾生機，潛藏生息的昆蟲動物傾巢而出；來，在掙扎的藝術工作者包括 Pen So，一起重新開始。

　　堅持過，就算失敗倒下來，也是無悔無憾，因為，我們曾經為理想挺立過；仰望天空，拍走泥塵，舒一口氣，哼，腰肢，還是筆直的⋯⋯

第二章

我事

九龍城和「城寨」的流金故事

友人住聯合道，昆蟲敲開窗戶，數十年的景物，幾度秋。世事交錯，歷史、九龍城、潮州人、我的童年故事……

回憶，比燭光晚餐浪漫。如沒來世，回憶隨灰燼匿跡；但如有來生，你身處某方的風景，竟似曾相識。

在香港，只有一個區叫「城」，它是九龍城，從「城牆」城市到了今天的「地鐵」城市，友人開玩笑：「長長鐵路，把我們變成『十龍城』！」地鐵站內，還有博物館，九龍城名留中國歷史。大概在 1277 年，元軍犯宋，宋朝末代皇帝，只有 7 歲的趙昺，逃往九龍城避難。在古代，封地、采邑，都築起防守的牆垣，故牆內稱「城」。「城」，如身體的心，「心城」，暗藏幽陰。捷克小說家卡夫卡的《城堡》（*Das Schloss*）故事，說「城」堡是一座迷宮，外人只可在外面徘徊，不得內探。當年昏昧的九龍城「寨」，是九龍城的「心城」。「寨」解作「營堡」，同樣陰暗。「龍城」的意思，是古時匈奴的權力中心，「九龍」城，沒有九個匈奴，卻寓意九條飛龍。

洋人有個名詞，叫「life retreat」，即「生活避所」。六十年代，九龍城是我父母的「避所」：媽媽，快樂的時候，去九龍城搓麻將；爸爸，快樂的時候，去九龍城和老鄉喝功夫茶。我們潮州人，在九龍城的勢力比城內白鶴山的侯王為大；開罪九龍，便是開罪潮州人。

我們一家，從未住過九龍城，但是，九龍城陪伴我們成長；特別是我，在牛津道英華書院唸書，那裏是安靜的豪宅區，沒有餐廳，中午吃厭了學校飯堂，走 15 分鐘的路，沿着衙前圍道行，便嗅到九龍城的熱鬧。衙前圍道的意思，是「圍着衙門的一條路」；衙門，已消失無蹤，看到的，是九龍塘的三層洋房，「媽姐」在屋內打掃，但過了嘉林邊道，擠滿殘舊「唐樓」，是九龍城的繁華地段。

六十年代，港島的西環，半島的九龍城，由潮州人「據守」。潮州人，是廣東省的中原「移民」，不懂粵語，五十年代，他們從大陸遷居香港後，常受欺負，潮州人重鄉情，團結力抗。兒時，桑梓父老，來爸爸的米舖求助時，常說：「潑你按摩」，想是罵人粗語，我不肯學潮州話，現在才後

悔。大約三年前，還有些不認識的老人家致電找我：「XXX是你爸的老鄉，剛走了，你來鞠個躬吧！」最近，再沒有這些來電，恐怕，老人家也走了。

那年，父親說：「九龍城可以去，但小孩子不能走近『九龍城寨』，那地方政治敏感，叫『三不管』：中國政府不管、英國政府不管、香港政府不管！」媽媽說：「九龍城寨最厲害是四類人：黑社會、毒販、賭徒、妓女。」

九龍城寨，原本叫「九龍寨城」；當香港在1842年割讓為英國殖民地後，清朝政府堅持保留此寨、駐兵入城，監視維多利亞海港對面的港英政府。圍牆包住寨城，有東、南、西、北四個門口，當清朝滅亡，國民政府放棄接管九龍城寨，但英國又不入城管理，於是，它淪為無政府狀態，由黑社會霸佔的貧民窟、全世界居住密度最高的小區、非法移民躲藏之所。1987年，中英政府終於達成分階段清拆城寨的協議。今天，城寨變成一個漂亮的紀念公園。

唸中學的時候，我偷偷跑去城寨探秘，那裏只有昏暗小巷，似黑色迷宮，地渠味道熏天，龍蛇混雜，叫人不安。許多邪邪歪歪的人站在灰舊平房門口，兜售毒品，還有嶙峋的龜公，問我看不看「女人真人表演」，一時間，不知所措。那裏舉目都是無牌診所和牙醫的招牌，我父親的金牙，是城裏的傑作。城寨向賈炳達道方面（「賈炳達」名字真搞笑，是英文「carpenter」的譯音！），有多家鐵皮小吃店，賣「外江」可口風味，濃濃的油香和醬汁，四處飄散，如煎鍋貼、麵線糊、蠔仔煎等。我的好同學笑說：「我記憶中的城寨，是賣『老翻』模型，當年最hot是德國Tiger I坦克車和日本戰艦大和號，價錢比外面便宜。」誰料到，

數十年後的今天，九龍城竟然蛻變成「Little Bangkok」（小曼谷），大家來喝「冬陰功」湯！八十年代，為數不少的泰國「過埠新娘」，經親友撮合，嫁給九龍城內的潮州人，泰國有百萬計的潮州華僑，於是，城內引入泰式文化。我們泰國的潮州親友，隨着上一代離世，已不再往來，而九龍城，一天比一天「泰國」。

朋友在九龍城寨度過童年，她說：「家裏窮得只有睡床，然後，一張布簾，分隔廚房（即一個「火水爐」）和「廁所」（即一個痰罐），那時，沒有柔軟的衛生紙，用硬硬的玉扣紙。幼童多穿『開浪褲』，屁股開一個洞，方便隨處大小二便。」我說：「城寨的生活太苦了？」她笑：「才不，雖然經常被惡霸『蝦』，但我們有自己的創意遊戲，例如砌『雪條棍』模型、擲『抓子』、抽『竹籤』、潛『波子』、拍『啤牌足球』，還有『小皮球，香蕉油，那兒開花一十一⋯⋯』跳『橡筋繩』。每天媽媽外出打井水，用來煮飯、沖涼；而照明，便靠『火水燈』。我們的街口有一家『棉胎舖』和『保叔涼茶』，一毫子買碗涼茶，小朋友整晚站在店內看黑白電視。我們在獅子石道心如學校唸書，是『天台班』，下雨，大家便不用回天台上課！」

九龍城，地面的奇景是「城寨」，那裏的建築物不受法律監管，緊緊「鑲嵌」在一起的大廈群，如電影《阿凡達》的怪石；而天空呢，每十分鐘，如恐龍的「飛鳥」從頭頂掠過，九龍城人，活在「強大翅膀下」，震耳欲聾。小時候的我，問媽媽：「是否飛機失事？」其實，九龍城旁邊，就是「啟德」機場，親友開玩笑：「天台的衣服，快被飛機引擎熱浪扯走；黑幫廝殺，也得停頓一分鐘，『吊頸唞下氣』！」當年，流行在天台擺結婚喜酒，最不吉

利是當祝福別人「白頭到老」時，聲音給蓋過！我唸中學的時候，當飛機經過，班房內的老師和學生，你看我，我看你，等待。

老街坊告訴我：「在五十年代，太子道東便是跑道，新蒲崗伍華中學的對面（當年的麗宮戲院），便是飛機 U-turn 掉頭的空地，黃大仙是無盡的木屋區，而旁邊的鑽石山，是 HAECO 飛機維修廠；坪石邨後面的山頭，有空軍俱樂部，外國機師，遙望細小的機場！」

我插嘴：「哈，比你更老的，是早於 1875 年，九龍城寨的東門（今天的東正道），還是涼快海邊，隨着龍津石橋在 1877 年落成，附近的市集被帶旺了，十數年後，活躍於九龍城的慈善團體『樂善堂』，把石橋擴建成木碼頭，供大型的船隻使用，令九龍城經濟活起來。今天，樂善堂旁邊是一所建於五十年代的『李基紀念醫局』，當時，許多人有『食白粉』（即海洛英）的毒癮，政府給他們飲一種叫『美沙酮』的戒毒劑，每到黃昏，大群『道友』等候入內，媽媽看到，急拖着我們兜路走。今天，醫局是著名的懷舊建築。而鑽石山呢？已經是一座消失了的山頭，有人推斷，當年被鏟走的『鑽石』（其實不是『diamond』，而是『鑽破』的石頭），給搬去建機場。」老街坊告訴我：「城寨旁邊的東頭邨，當年是一家大紗廠，五色污水，不斷從伍華中學後面的小河排出！」

我和英華書院的同學聚面，想起九龍城的電影院和 shopping。七十年代，九龍城有三家戲院：金國、國際、龍城戲院。金國在聯合道，九龍城墳場區和「老虎岩」（今天的樂富）之間，多放色情電影。當年的老虎岩，是「爛仔」嘍囉的大本營。

國際戲院在獅子石道，長長的單幢建築物，發出霉臭冷氣的味道，還常見到老鼠，多放邵氏的「國語」片；而龍城，在今天九龍城廣場的對面，播「粵語」片，我童年的陳寶珠、蕭芳芳，紅得像今天的 Mirror，戲院門口是菜販，非常濕髒。當媽媽打麻將，我們便在九龍城兩間戲院跑場看戲，當年，有「公餘場」，在 5：30p.m. 放映，播三、四輪電影，價錢便宜；我們四兄弟姊妹，兩張戲票（那年，一張戲票，可以兩個小孩子入場），看罷多場不同電影，便回家吃飯！我的同學說：「我『睇戲』才不用錢呢，只要拉着大人的衣尾，便可以免費入場；入場後，坐在地上，小朋友這般看了《獨行俠》和《仙樂飄飄處處聞》。」

另一個同學說：「你們記得九龍城的兩家百貨公司嗎？『國際百貨』在獅子石道，聽說是南美的混血華人回來開的，電視明星鄺君能，是他的兒子。另一家，叫『新華國貨』，數層高，在衙前『塱』（水邊低窪地的意思，那裏曾是海邊）道；國際賣洋貨，新華賣『made in China』國貨。」 我插嘴：「當年 Form 3，有一個同窗放洋，是『重大』的事情，同學在啟德機場告別，我先去新華，買了一條『手巾仔』送贈。今天，誰用手帕？」同學回應：「獅子石道有一家 outlet 店，叫『七記』，售賣外銷歐美衣服的貨辦和次貨，價錢特平，但尺寸都是較大，我們年輕人的時裝品味，便是這樣拾回來的！」

老人家笑道：「五十年代，『九龍人』有三處地方可吃喝玩樂：尖沙咀、佐敦和旺角區、九龍城。尖沙咀是遊客區，東西太貴；佐敦、旺角一帶，太多人；只有九龍城，剛剛好。在 1978 年，九龍城已經有 McDonald's，因為機場的外國機組人員，會喜歡漢堡

包，他們行過一條馬路，便吃到『鬼佬』風味；而穿着制服的空中小姐在城內行走，司空見慣，她們光顧 24 小時的生果店、去方榮記吃『沙嗲牛肉火鍋』，或去黃明記潮州粉麵，買『特爽』墨魚丸做宵夜。民生書院一帶，是香港早期的『電影夢工場』區，曾有國家片場、長城片場、世光片場。到了 2001 年，友僑片場所在地被政府收回，變成今天兆基書院一帶！」我感觸：「本人第一次吃到西式的 French fries，便是在九龍城的『麥當奴』（當年，不叫『勞』）。」九龍城以往有兩間街角水果檔，24 小時永不停業，不知道是否黑社會的「睇場」？我們經過，要避開檔主「早已看穿我們看穿了他們」的眼神！

「配音皇帝」丁羽叔説：「那些片場，帶動九龍城的飲飲食食，當年，侯王道有一家榮芳咖啡室，是電影工作人『聚腳竇』。七十年代，近九龍城的廣播道，是『傳媒』工業城，電視台、電台都在那裏，收工後，大家往九龍城『擦餐勁』，這些餐廳買少見少，值得去支持！」城南道有創發潮州飯店（宵夜很有名，叫「打冷」，食物如潮州粥、滷水鵝、凍蟹等）。還有，開業於 1954 年的樂口福酒家，電影《花樣年華》般懷舊，它賣美味的凍魚、川椒雞……對，南角道有七十多年的「路邊雞」，他們的「炒雞雜」，即雞心、雞腎、雞肝、雞腸等，其他飯店，已不懂這些菜式。

我墮進回憶：「太子道，有一家『花園』海鮮酒家，門口一個個鮮魚缸，還有高貴的『代客泊車』，叫做『食為先』，父親説：『這裏海鮮很貴，是有錢人的地方！我們去九龍城街市對面的『漢年酒家』，那裏三層高，座位多，不敢太貴。』其實，『孤寒』的爸爸不知道，媽媽早已帶我們過馬路，去對面高貴的西餐廳，

叫車厘哥夫，餐桌是白枱布，喝羅宋湯的。在『食為先』的附近，有一條『非常』以至『極其』古老的行車天橋，小孩子坐上巴士，由平地一路走上高空再向下俯衝，每每興奮大叫，家長總是戲言：『還想去荔園遊樂場玩嗎？』那便是我人生第一次的『過山車』！」

説到九龍城，不能不談它的地寶：九龍城街市，紅星周潤發「熊出沒」的地方，這街市重建多次，現在的，建於 1988 年。我們小時候的街市，像一個個尖頂石屎盒，濕淈淈，賣蔬果、活雞、活魚等，還有雲吞麵、叉燒飯、奶茶檔。門外，有人擺地攤，都是潮州美食，最受歡迎的，是「九棍魚」蛋河粉，後來，蘇浙人也加入攤圈，賣「南貨」，倒如板鴨、黃酒。我的老友説：「爸爸在九龍城街市賣水果，我們都是吃賣不出的爛橙長大，好羨慕別家孩子吃到好水果！」

住在新界的朋友説：「九龍城，還有很多『公寓』，因為它近機場。當年，住在新界的，因為交通不方便，往機場，起碼數小時，如果坐早機，便會早一天去九龍城，住一晚公寓。早上，去福佬村道的老牌豪華餅店，買個酥皮蛋撻當早餐，走路去機場。」年輕朋友不識趣：「九龍城沙浦道，不是有一家『機場酒店』嗎？」老頭兒不屑：「它才建於 1982 年呀！」九龍塘「時鐘」酒店未流行之前，九龍城是「情侶短聚」的熱點。

往事，並不如煙，像魑魅魍魎：九龍城的潮州人重視每年夏天的盂蘭鬼節，故此，在近真善美村的球場，放了約兩層樓高、青面獠牙的紙紮「鬼王」，還設有「經師棚」為孤魂野鬼唸經超度；途經，正藉炎夏，仍汗毛直豎！在球場的另一端，搭了竹棚，上演給亡靈看的潮劇，這些「特別場」，沒有觀眾的。現在，盛事

已隨風消逝，我怕人多於鬼。參與盂蘭節後，最好去兩家極老「甜店」：龍崗道的合成潮州糖水，他們的蓮子茶，正；還有和記隆潮州餅家，白皮綠豆沙餅超美味；在六十年代潮州人嫁娶，買禮餅，便要跑去和記隆，輝煌時期，擁有整座建築物。俱往矣。

回憶，如看一齣好電影，但「戲劇人生，終有日閉幕」，做人，快樂時，就要快樂。

看命理的大師說：「你的命，要住在九龍城！」我苦笑：「來生吧，今生，追思，已應接不暇，哪有時間搬家？」當生命，走到華燈初上，下世，變成今生「未了」事情的最佳藉口。不了情，不了的愛。日落西山，站在嘉林邊道，望向九「龍」之一的獅子山，依然很美；滄海桑田只留下的餘暉……遠處，老店舖仍播着潮劇花旦蕭南英的《陳三五娘》。

人面不知何處去，桃花依舊笑春風。

浪漫筲箕灣 400 年今昔

提起筲箕灣，世人只知道郭富城在筲箕灣長大。

去似朝雲，教人亂了分寸。你說：「人，輕像沙粒。」我說：「塵吧！」上帝搖頭：「人，微不足道，只有一米的十億分之一，它叫納米⋯⋯」，筲箕灣的舊人，都走了！

從前日子，我愛在太古廣場，出現和隱沒，還要奢侈地。現在，生活「貼地」，家在南區，拐個彎，便來到筲箕灣；對我來說，抵步「市區」的目的已達。拿着布袋，穿運動短褲，在露天的金華街街市買燒肉，那裏的攤販，都是世代經營。肥老闆問我：「你是街坊？」我急不及待：「對！對！老街坊！」他笑說：「一看便知你做文員的！」我卒卒慌忙：「信差，信差啫！」

小隱於野，大隱於市，今天的我，心靈尋回樸靜。大作家蔡瀾說：「看螞蟻搬家也可以過老半天。」我心裏附和：「煙火流年，前仰後合，地球不如意事，比炮火還密，躲在別人遺忘的小區，才享受到帶氧負離子。」

筲箕灣，曾是兩件世界新聞：1941 年，英軍在筲箕灣旁的山頭失守，從此香港落入日本人手中；1947 年，一架載着黃金的貨機，意外地撞向柏架山，黃金散落地上，引起了一場「尋金熱」。昔日，流行一首「打油詩」，描寫筲箕灣與世隔絕，老一輩都懂得唸：「英雄被困筲箕灣，不知何日到中環。」很久以前，大概在康怡一帶，有一座大石山，阻擋了筲箕灣和市區的往來，而去柴

灣呢？只有一條奪命山坡斜路，叫柴灣道。漁民從外駕船駛進維多利亞海港，不會停留柴灣，那裏風猛浪高，只是木材的「漂浮貨倉」；筲箕灣卻不一樣，海灣寧靜，後面有柏架山擋雨，威猛的「將軍石」屹立峰尖，將軍去不了中環，卻冷寂地見證了數百年來的漁舟唱晚、世界大戰日軍攻破鯉魚門，還有千百戶山坡木屋和「愛秩序灣」（譯音來自 Aldrich Bay）的「住家艇」。今天，山坡削平了、海灣填平了，都蓋起公共房屋。幸好，東大街至南安里一帶，仍有濃烈的「老街坊 feel」，舊中見序，日夜交融風景好；最特別是筲箕灣道和愛民街之間的一條「遺世長巷」，一家家食肆，躲在古老台階，帶你回到六十年代。

明朝萬曆年間，約 400 年前，已有筲箕灣，那時叫作「稍箕灣」。為何這地方叫「筲箕灣」？傳說很多：其一，小孩子阿蝦為了照料染病臥床的母親，拿筲箕行乞，有一天，他被大浪捲走，只留下筲箕於岸邊；另一說法，這海灣的形狀很圓很大，像一個筲箕。大概百年前，即 1841 年，筲箕灣有 1,200 人，佔香港島人口 28%，是重要地區。1920 年代，它更是香港島的「新興工業區」，例如造鞋和爆竹業，所以，筲箕灣有一條老街叫「工廠街」，那裏曾有一條明渠，排出工業廢料。當年，避風塘的漁獲交易蓬勃，故在第

二次世界大戰時期，日本人在筲箕灣建立「漁業組合市場」。戰後，
內地難民逃來香港，因筲箕灣偏處一方，英國政府管不了，於是，
他們私自蓋搭鐵皮屋，漫山遍野，最大的叫聖十字徑村，有一座
百年教堂叫聖十字架堂。1976年，愛秩序灣海邊木屋大火，成千
上萬人喪失家園。八十年代，山邊的寮屋區被清拆，變成今天的
耀東邨等；那些年，筲箕灣曾是「黃賭毒」最厲害的地區，和田

灣不相伯仲,香港第一個黑社會,成立於筲箕灣。

　　90歲的老街坊告訴我:「在五十年代,南安街附近仍是海邊,避風塘艇戶壅塞得像難民營,一家十口擠在小艇上,極為普遍,起居生活,甚至大小二便都在海上解決,生命不由人。如果艇家生了個女孩,多被賣掉或送給別人;當時,筲箕灣晚上有不少『企街』雛妓,等客人拖上公寓,頗多是『蜑家妹』,皮膚比較黑,賺皮肉錢養家,好可憐!」

　　另一街坊牙擦泉説:「我家裏賣『涼茶』,生活還可以,最喜歡去阿公岩海邊的譚公廟,那裏有一個游泳棚,要爬樓梯落水,好像叫做『南華會泳棚』;今天,只留下數家的古老船廠,堅守海邊。娛樂方面,戲院有很多間:在聖十字徑的叫長樂戲院;另一間叫筲箕灣戲院,它最『豆泥』,前座有尿味,還有木蝨咬人;最『架勢』的叫金星戲院,近海富街;還有一間叫永華戲院,即今天永華大廈的位置,播映『高級』西片。」

　　律師朋友:「六十年代,魚市場在東大街,我爸爸在附近賣雞蛋,街童沒有東西吃,媽媽便拿食物給他們。我們供應鹹蛋及雞蛋給工廠街的兩家大餅廠:太平餅廠和振興餅廠。」

　　醫生朋友説:「我父親在筲箕灣道392號,開了一家林志明洋服,門口的拉閘,是朱砂紅色,口號是『顧客至上,製作第一』,可惜我一歲的時候,他走了,店也消失!」

　　退休阿姐説:「七十年代,只有巴士和電車去中環,塞車如家常便飯,每每個多小時,睡了兩覺,還未到中環;所以,很多人選擇從筲箕灣(即今天的西灣河碼頭)坐船去中環上班。早上吹吹海風,多浪漫!」

校長說：「我家住教堂里，生活一般，幸好筲箕灣多工廠，媽媽可以拿半製成品回家『加工』，每天，全家總動員做到深夜，才搵到半餐飯；例如串珠鏈、織毛冷、縫手襪。最好玩是『玩具加工』，我們把公仔的眼睛畫出界，工廠也照收貨！」

雜貨店阿叔：「那年代，『無王管』，誰人想賺點錢，便在家裏弄些食物，拿出街上賣，做個無牌小販；那時的情景，還歷歷在目：他們蹲踞在地上，給刺鼻的火水爐不斷打氣，燒紅大鐵鑊後，便在滾燙的豬油中炸魚蛋、炸番薯、炒東風螺……我們拿了媽媽給的幾毫子，便可以『吃通街』，焓花生、滷水雞腳、鹽焗鵪鶉蛋、炒栗子……當年，是沒有快餐店的。吃以外，還有『小朋友賭攤』，例如猜波子、『魚蝦蟹』、骰寶，我們剩下的一毫子，用來『賭身家』！贏到錢，買一尾小金魚回家，那便叫『快樂』！黃昏時分，同學們喜歡去明華大廈的山坡租單車，即宏華街附近，在巷頭巷尾兜來兜去，常忘記回家吃晚飯，媽媽循例送上『藤鱔燜豬肉』！」

花檔婆婆說：「數十年前，筲箕灣居民都是基層，我們雖然窮，但是，吃的魚是全港最新鮮的。大多數街坊結婚擺酒，都在區內進行，不奢望跑去銅鑼灣。近電車總站，有洞天酒樓、鸞鳳茶樓，最難忘的點心有鴨腳扎、臘腸卷、鵪鶉蛋燒賣，但最慘的是酒樓的童工，一條帆布帶把載滿蒸籠的鐵盤，掛在肩頸上，來來回回叫賣點心。筲箕灣沒有大店舖，對對對，只有一間華都國貨，賣『大陸』產品；但是，省回來的錢，也只能夠在過年時給全家換套新衣。孩子們常常叫我買台黑白電視機，雖然電器舖可以分期付款，哪有閒錢呢？於是，給他們幾毫子，去永華戲院附近的涼茶舖看電視吧，比去電影院便宜。」我插嘴：「幸好，古舊的合利電器行

仍在！」

　　魚蛋粉店太子爺説：「由於是漁港，筲箕灣的魚蛋，都是最『正』的，這裏的魚蛋粉，特別鮮味，別區的人都來吃，今天的這些食店，都是幾代留下來。當年，街坊打個電話，或經過講一聲，雲吞麵可以送上樓，為了幾毫子生意，也得手提鐵箱，把雲吞湯和麵分開放置送上樓；『陰功』，事後，還要上樓收回碗碗碟碟，沒有小費的！」

　　我笑：「著名的百利冰室，是好朋友家族經營的，他們今天生活無憂，但是，為了尊重上一代努力，仍然堅持把冰室留下來；最喜歡他們的『古老』西餅，那些『不像牛油』的奶油味道，是一份香港情懷！」

　　金舖掌櫃説：「送外賣的，何只雲吞麵，還有麻將呢！當年，沒有超市，只有士多販賣糖果、餅乾，士多老闆把玻璃樽裝的沙士、可樂、綠寶橙汁、芬達提子汁浸在一個門口的大型冰水箱；要買汽水，便探手去拿，那年代，沒有賣飲用水，大家覺得花錢買沒有味道的東西，是匪夷所思。士多還會外租麻將牌，老闆的孩子們，提起枱板、麻將和籌碼，不怕流汗，跑數層樓梯，送到客戶家裏。」往時，望隆街一帶有很多金舖，金飾除了婚嫁、送禮之用，也是保值商品，由於水上漁民不信任銀行，他們寧願買些金器放在船上。

　　茶餐廳企堂説：「60 年代，筲箕灣找工作不易，老闆會問夥計有沒有『舖保』，即由一個殷實朋友寫一封擔保信，證明他不偷不騙，如有損失，則由友人負責賠償；今天，這入職要求簡直是天方夜譚！」

還是地產陳總結得好：「時代，天天變、年年變，許多地方，新的送走舊的，只有筲箕灣這幾百年老區，舊痕處處，勾起大家的回憶。年紀大了，看着一座大廈，問問自己，這是兒時曾經玩耍的空地嗎？還有一棵木瓜樹……」

　　舞台，是閃亮的，大家爭往台上；中環、尖沙咀、銅鑼灣，都屬於舞榭歌台，只有地理邊陲的筲箕灣，看似「等閒」孤寂，從明朝起，躲在香港島的東角盡頭，但她毫不悲情，美麗之處絕「不等閒」，如一顆夜明珠，在黑暗困難的日子，仍能放光自亮。老街坊們和我圍爐夜話，各說各的。褪色回憶，等閒和不等閒的，奏出了筲箕灣的命運交響樂，把眼前真實和縹緲回憶的「次元壁」打破後，當下的肉身，游走於次元兩端，樂極！

　　生命渺小，除了平添憂鬱，原來那短暫，可化身珍貴的美麗；今昔世世代代的紋痕，美印於心。時光，我們已無力挽回；此刻，如是你的少年時，請莫負腳下金黃，要留下一段段甜蜜的香。50年後，再回望這深愛的香港……

香港未來發展的四大路障

　　過去，香港自己吃掉自己，先咬「末那識」。政治的背後，有對立利益作梗；當權者，要勇敢拆解。

　　很少寫政治，怕信口開河。

　　政治最難測三部份：高層領導的真正情況、執行者的真正取態和反對派的真正計謀？一介草民，哪會洞悉北京的風向？而本地執權者，必派定心丸。反對派呢？以往，「為反對而反」，更不宜「抽水」。從傳媒看到洋洋大觀的言論，如躲在會議室，叫人嘖嘖稱奇。

　　在沒有矯正立法會的極端行為之前，香港「亂晒坑」，施政乏力，市民發表心聲，如在陸地推舟。現在秩序恢復，重新「行政主導」，不易因為立法會「拉布」，無計可施。以後，政府要站穩立場，解決社會的「大頭佛」。過度逐利的「資本主義」和過度放任的「自我主義」，給香港帶來的苦果；故國家領導曾多次要求香港政府消弭「深層次矛盾」。

　　每天，我接觸法律和文化界的「遺老」，不謀而合，心裏有些見解想表達，以防「言之不預」，薄盡公民的責任。政府解決問題時，方案豈止一個，但我們牽出一個攸關點（pivotal point），願成為討論。

❶ 「少做少錯，一板一眼」的官場

香港仍有高質素的公僕。

政府朋友，他們有吐不完的苦水，說工作「有罰無獎」；但是，社會問題積壓，終不能避之若浼，繼續「sweep under the carpet」，例如有些條例，立法快將二十年，仍未執行。當問題惡化，只「見一步，行一步」，更難解決。看看今次的 Omicron 大災難，部門的「倒瀉籮蟹」、「條條框框」、「官僚習氣」的情況，民間的怨氣更高。和朋友吃飯，總有一句「唉，香港……」。

2002 年特首董建華推行「主要官員問責制」，市民是歡迎的，但至今未見發揮最佳成效，而港澳辦主任夏寶龍所要求的「會幹事、能幹事、幹成事」的香港官員，更難求。

民建聯主席李慧琼曾公開指出，請求高官行動時，答案經常是「cannot」。中聯辦官員探訪全港 18 區，要求香港官員做事「不只是一堆政策、一堆數字、一堆撥款」，而是讓市民真正感受到施政成果；辦事，不單以「責任」為本，要交「成績單」。

「問責制」的良好意願，是當執管官員失誤，或不稱職的時候，可以向該官員究問責任，進而懲處及辭退任何空居職位卻無所作為的掌權人。有權便要有責，不能繞過火圈，當然，也要給他們真正權力，可以指揮下面的公務員。其實，當官員頭頭是道、破舊立新，哪用議員天天出謀獻計。但是，從過往看來，「問責制」團隊或拉雜成軍，理念不一，有些更是平凡，之間更有「重分工，輕合作」，而部份局長和輔助的常任秘書長，同床糾結；再者，「副局」和「政助」的位置，在「問責制」下到底又如何發揮？而「問責制」，應否涵蓋更多高層，一起投鞭斷流。

市民指望新一屆政府優化名存若隱的「問責制」架構，讓它

產生最好的行政力量，加強「局」和「局」之間以合作為本，讓高層「問責人」之間，以至和下面公務員，不可有心無力，或各懷盤算。而年輕有為的政務官，更加以大膽提拔，提供一個從政務步向政治位置的跳級獎勵。

❷ 吊崖的房屋民憤

香港樓價全球最貴，將心比己，我們已經「有殼」的一群，如要困在一個十平方米的劏房、一輩子只有能力租住公屋、23 年不吃不喝才可置業，我們會怎麼想？房屋問題導致年輕人覺得這城市沒有公義和上流的機會，故瞋目切齒！符合人類尊嚴的居住環境一日達不到，人民便感受不到真正幸福；而且，年輕人置業安居，繼而「結婚生仔」，會為社會帶來穩定。

記得美好的 80 年代，雖然人們月入幾千一萬元，但數十多萬元，便可以買到數百多呎太古城單位，計劃人生。

歸根究底，房屋是四方面問題：❶ 人口政策、❷ 環境規劃、❸ 制度程序和 ❹ 土地供應。在土地供應方面，政府自己也靠「賣地為生」，更加「硬晒軚」；「明日大嶼」填海計劃和「北都會」是好的，是未來 20 年的「遠」景，但是，遠水不能救近火；發展「棕地」，要花時間和地產商談判；發展農地，又要和居民打官司；最快的「熟地」，特別是用來應付如安老院或醫院等急需建設，應來自郊野公園的部份邊陲地。數十年前，把整個沙田海邊填平，大家都接受犧牲，因為住房問題嚴峻，籠屋處處，所以「特事特辦」。香港人在 80、90 年代的居住環境，終得改善。今天，頗多人住得像難民或小鼠一樣，非常可悲，如果政府還不快刀斬亂麻，

依舊把問題推來推去，蝸居的市民，滿肚怨言，社會氣氛又怎可和諧？

③ 醫療服務嚴重落差

香港的醫護人員仍是專業的，想是制度生了病吧。

我們中產的，很多享有公司的「僱員醫保」，半生的大小毛病，都可舒坦地進出私家醫院。有一次，朋友跟我説：「快退休了，我們便沒有這福利，好歹要學習使用公立醫院！」剛巧身體有些毛病，我「劉姥姥進大觀園」，去了瑪麗醫院試試，結果，一個「CT Scan」，排了接近兩年；心想：如果真的有事，恐怕人都淌淚走了！

和友人聊天，凡去過公立醫院的，結論都是一個字：等！等數小時、數天、數年，等康復中心的，甚至十數年，為甚麼？答案都千篇一律：沒有財政資源、沒有人手、沒有政策、沒有土地蓋建。

跟着，又聽到函矢相攻的互相指責，「醫院管理局擁有約九萬員工，擁兵自固，儼如王國！」；離職醫生又訴説冤情：「在公立醫院，無底深潭地天天急就章工作，慘無人道！」

最近的 Omicron 瘟疫，暴露了管理層出問題，好像缺乏足夠危機處變，沒有提早向政府要求調動協助，於是，老人家在醫院門口東歪西倒，醫院內的人手單打獨鬥，香港的死亡率是世界高位。

當然，這個龐大複雜的醫院系統的內訌，以至它和政府特別是衛生防護中心的扽連、醫生團體的牴牾、公私合作的困頓等等，我們普通百姓，不懂甚麼「東東芫茜葱」，只知道香港必須進行

嚴肅的醫療檢討，糾正歪樑，把醫管局及影響它的方方面面，乾坤扭轉，才會滿足到市民的期待，及預防未來更嚴重的人口老化危機。

80 年代，香港亦面對今天的同樣問題：當年的醫療系統管理和資源分配，滿盤落索，政府無能為力，病人輪候時間長，延誤治療的慘況愈演愈烈，結果在 1985 年，WD Scott 顧問公司進行醫改調研，臨時醫院管理局終於在鍾士元爵士帶領下成立，醫療服務走上了十多年的正軌，當時，大家曾經稱讚：「香港的政府醫院，媲美私家醫院！」恐怕約 40 年後的今天，醫管局的官僚、制度和程序，繁如繩結，一環累一環，所以必須檢討醫管局以至相關癥結，在人手短缺、病人倍增、制度疊床架屋中，找出重建之路！

❹ 香港人的秩序和品德重建

如社會只有物質文明，沒有精神文明，恐怕仍是暗黑不安的城市。人，是靈性動物，要治本，必須讓每個人懂得自我道德約束，否則，如何做「國際大都會，中外文化中心」？常聽到人們這兩句話，叫人不安：「有錢大晒！」、「我鍾意，吹咩！」。以往，香港以「守法」和高 GDP 自豪；今天，兩者都走下坡。你看：當心靈健康出了事，刁民、惡人、違法輩，處處皆是，生活的氣氛日益惡劣；社會的教化工作，實在迫切。「移風易俗」的工程，不是朝夕間便有成果，然而，它應是當局必須正視的施政部份，情況如愚公移山，當市民質素變好，政治運作才會暢順。

凡 50 歲以上，都可以比較出香港以往和今天，人們在品德、

秩序和修養的差異。原因可能有 3 個，我們富裕了、思考少了、「Me Generation」勢大了，大家習慣任性自私。手機年代，容易產生不良人格，網路提供敗壞的內容，一個不慎，便會腦袋中毒。

烏煙瘴氣的腐敗行為，真是「一百歲唔死都有新聞」，可分 4 類，閱報看到這些造次行為，非常揪心。第一，是個人品德行為，例如大學生援交、少女吸毒後墮樓身亡、12 歲小孩賣初夜、13 歲少年群非法收債、青少年涉毒案大增35%、「港女」放貓入洗衣機、男教師上課時觀看性片、公眾地方像子彈亂飛的粗言穢語等等；第二，是家庭倫理，謀殺父

母、父母虐兒拋向天花至死、亂倫新聞、借錢不遂推母親落樓梯等等；第三，是社會行為，如坐地鐵時拒絕讓座、竟然在車卡開枱打麻將、焚毀商店和提款機、「大飛」撞死執法人員、鬧市吸毒駕駛、市區放煙花、街上撒錢只求「過癮」、電視台的丈夫出軌遊戲、老師性侵學生、走廊吐痰播毒、消費券騙案、假結婚賺錢、炒賣運動租場、「人肉」霸佔公眾車位、小販拳打食環署職員、殺人後膽敢拖屍遊街、大學宿舍強姦同學等等；第四，是敵視內地的負能量，如腳踢內地遊客、杯葛國企公司、不看國產電影、討厭國民身份等等。行政會議成員湯家驊曾說「面對這股離心力量，這問題不可輕輕帶過……人們，存在社會每一個階層、崗位和角落……」。

很多香港人既無宗教信仰，又漠視道德信念，有人說是全球問題，故此，我們不必擔心；有人說成幸好香港有自由，這些怪象才會發生；更有人認為這只是基層的失教行為，中上層朋友，生活還是挺乾淨的。但是，如果香港人的道德繼續高速下墜，則這個城市再多的 GDP，也不會真正進步及和諧，幸福的你可獨善其身嗎？目無法紀、鄙俗或無知的人，易抬槓作亂，2019 年的 anti-government 的起哄風險，只會伺隙待發；這精神文明的問題，絕對不只是立法監管或加強執法便可以解決的，因為「制止」不等同「善導」，要治人，先治心。政府的重大責任，就是「教化」。人的「善」，可來自家教、宗教、哲學思想，但簡單的公民教育如「上車守禮貌」、「保持清潔」等，已絕對無力，醫治不了靈魂深處。儒學曾經教導「克己復禮為仁。一日克己復禮，天下歸仁焉」，雖然，傳統教育的推行有一定阻力，但自我反思，才可

救贖品德。當然，有人會批評這些道德重整都是「講耶穌」、「講佛偈」，但這亦反映香港人對於「禮義廉恥」的藐視，社會問題的邪惡所在。國家最近大力推行青年人品德和文化教育，便是意識到道德沉淪的危機。

中國人，有別於全世界任何地方的人，便是我們可貴的儒家思想，這是數千年來，不會滅種滅國的精神力量，應是國民教育的重點。在港英年代，社會反而尊重儒家思想，我們唸書，都要學習這些規範，今天卻被矮化，或視為毒害，為甚麼呢？是中國人討厭自己的文化？香港有些家長更以「子女不懂中文」為榮，那又代表甚麼缺陷？

所以，新一屆政府，特別是教育、民政、文化的局方，應勇敢改變以往不敢碰「意識形態」的管治傳統，放膽推動被棄置多年的中國人思想教育，官員不要只靠「講咗等於無講」的公關 line to take。說話要展現道德心田；如他們也沒有內涵，在「價值取向」上遊花園，那可期待市民會自發地己立立人、關愛社會、尊重政府？

當然，香港面對的，還有其他「大山」，例如人口老化、國民教育、貧富不均（基本法只是說「參照低稅政策」，政府仍然有權「自行規定稅種、稅率」。當許多豪宅竟然空着，沒有人居住，不禁問：為何不參考加拿大或其他地方一樣，徵收空置稅？）、「再工業化」、科技新經濟及國家期盼香港成為「中外文化交流中心」等等，但是，我們這群「老友記」覺得以上 4 大問題，還是重中之重。

學者田飛龍指出，香港的領導層常缺乏「高瞻遠矚，突破前

行」，對中國文化和精神的不認識，香港公務員有慣常的行政操作，但不擅於從「戰略視野」看問題、「從群眾路線獲得施政力量」。

誠心期待新一任特首可以如田先生所說，改變「長期的公務員的執行倫理」，在沒有指令下，只要是自己工作的責任，也敢主動提出解決。曾經有一個例子，某區有棵樹倒下來，四個部門，竟然互相推讓，拒絕移走。

新任特首，「武官」出身，應該把握上任後的良機，大刀闊斧，盤馬彎弓，特別是以往通才官員不敢觸碰的正確道德方向；因為光是搞好制度，但執行官員或廣大市民欠缺個人素養，就算有再完善的法律和制度，沒有上下同好，解決方案也會長出蟲。你看：政府建了很好的疫症隔離設施，竟然有人刻意破壞；所以傳統德育提醒我們，「禮義廉恥四維絕則滅」，如政府只着眼物質工作數量，不重視人民包括公職人員的內在德行，則社會問題依舊紛至沓來。

希望在各界都讚好的李家超特首履新後，市民對回歸以來社會的種種嘆息，很快成為句號。不過，特首的蜜月期過後，世情險，一場又一場的「戰局」便展開，只要他站在人民幸福的陣線，「不忘初心，方得始終」！

西九文化區回顧和盼望：要走的三大方向

壞事，並不可怕，吃苦當作吃補，牆穿了洞，才可透進陽光；門壞了後，重要的是學會如何善修。

上星期天，在西九文化區（West Kowloon Cultural District）享受了美好的一天：看天、看海、看人山人海的草地，人們在野餐，快樂如彌勒佛！它使我想起 70 年代的尖沙咀九龍公園，當時是一個荒野山頭，漂亮的年輕人，在沙地上彈結他、唱民歌。

捱過了命途多舛二十多年的「西九」，等到市民「頸都長」，終於，「黑仔」從泥濘中站起來，變成「海克力士」。我充滿期盼，祝福西九在「本地人」行政總裁的領導下，挺起胸膛，飛毛腿為香港「文化之都」跑出三條大道！

二十多年來，我在不同的文化崗位工作，留意到各式各樣的新聞，唉，「萬事起頭難」。到了今天，高興見到西九漸漸成形了，希望今次的進言，可以讓西九減低跌撞，抓緊三大方向，為香港文化的實力，作出非凡貢獻。

1998 年，時任香港行政長官董建華宣佈建造「西九龍文化區」；當時，政府的野心很大，打算建造 17 座博物館、劇院、演藝館，把香港的文化藝術地位提升至國際水平。

西九的緣由是這樣的：在 90 年代，立法會議員如周梁淑怡等，倡議香港應擁有如倫敦 West End 或紐約 Broadway 的劇場和文化區，既吸引遊客，亦可以改善香港的文化環境。當時，HKTB（旅

遊發展局）亦做了調查，旅客表示香港文化活動極不足夠。

約 2001 年，張信剛任主席的文化委員會亦提出相關要求：「香港要維持未來競爭力，就更需要提升社會對文化的重視。」那時候，委員會建議六點策略，提出了香港「文化經濟」的催生；它更說：「應該建立政府、工商界和文化界之間的夥伴關係。」可惜，至今香港的文化企業，屈指可數。

那年，剛巧碰上地產市道不景，政府於是決心把西隧旁邊的一塊「龐然大物」土地，跟隨「數碼港」模式，以「主題發展項目」去處理，建立一個文化區。昔日，有兩把聲音很特別，今天仍值得深思。第一，時為香港大學教授的作家龍應台說：「理想遠大固然好，但是西九概念仍流於空泛，未見清晰的文化本位和指標性的方針。」而太古集團的見解更創新：「香港的文化建設不適宜過分集中在一個區域，此地適宜發展紐約式的『中央公園』，然後眾多的文化建設，分散在香港各區。」

此外，有些聲音擔心西九蓋好後，哪裏找這麼多訪客觀眾？但想法是：當廣深港高鐵線「九龍站」啟用後，大量內地遊客自然到訪文化區；不過，那時候大家料不到大灣區的藝術建設，比香港落成得更快！今天，「好話唔好聽」，西九的「文化區」概念，在內地各省市，普遍得「人有我有」！

我曾在公開討論會中問過 2011 年的行政總裁連納智：「西九哪裏來大量的精彩表演來吸引各地觀眾？是否應該今天未雨綢繆，西九早點培養自家的世界級舞台節目？」他答：「西九目前集中建設 hardware，其他軟件，應是政府、業界以及公眾的共同責任！」但水塘不早點種樹去集水，蓋好後，誰最擔心缺水？

西九的宏大目標本是很好的,可惜,20年來,禍不單行。高雄市方面,十多年前,來參考西九的模式;只花了數年,集公園、消閒和文娛的衛武營藝術文化中心,在2018年已落成使用。

　　概略來說,西九可以說經歷過「十困」,真的多災多難:

❶ 2001年,政府希望以國際建築師Norman Foster的「流線型天幕」作為地標建築,它可以通過換風,控制區內的溫度,可惜設計大受社會各界反對,說它不切實際,又太昂貴,結果這個「天幕」概念,胎死腹中。

❷ 2003年,政府邀請各大企業提出自己的設計,以「單一發展商」和政府合作所謂「PPP」模式(public-private partnership),土地不用拿出拍賣,通過PPP,便可以興建西九文化區,可惜,受到「官商勾結」的指控,結果無疾而終。

❸ 2008年,政府決定成立「西九文化區管理局」,由它單一處理「地皮」發展,但每項文化設施,將分開招標,找不同機構設計和建造。可惜,問題又來了,原來這「斬件式」的分項投標,增加了複雜性,減低了效率,導致每一項目,都引起紛爭,管理局花更多精力去分別「過關斬將」。同時,西九要提供甚麼設施,也引起爭議,不同團體各有要求,例如兒童藝術博物館、水墨館、文學館、生活文化館……加上,管理局剛成立,需時磨合,於是步履蹣跚。

❹ 早於2008年,政府向立法會申請撥款216億興建西九,但因工程一波三折,特別是連接高鐵站的技術問題,導致延誤,預算錯判,超支數百億元,立法會嘩然;例如單是地庫工程,已需要236億,可是立法會對於額外撥款,拒意堅決;為了「填氹」,

政府最後只好把原來屬於它的商業用地發展權，撥歸西九所有，而基建設施如地庫等，則由政府「荷包」埋單。超支及延誤事情，使大眾對西九，更加擔心。

⑤ 2012 年，西九 M+ 視覺文化博物館以「部份捐贈、部份收購」方式，向瑞士收藏家 Uli Sigg 以一億七千多萬購入四十多件作品，但同時「獲贈」1 千多件作品，這事件引發輿論四起。當時的立法會有關小組質疑管理局為何只向單一收藏家購買大量藝術品，更擔心局內有人存在「利益輸送」問題；跟著，有藝術界人士批評部份藏品具煽動內容，傷害國家和民族的感情。2014 年，M+ 再花一千五百萬，購入一間在日本東京的廢棄壽司吧的內部裝潢，被指摘 M+ 又「買錯貨」、橫行非為。

⑥ 2017 年，在西九文化區苗圃公園舉辦的 electronic rave concert，懷疑有人吸毒，4 人暈倒，當中 1 人死亡。先前，在這類型的音樂會上，有表演者當眾「講粗口」、唱侮辱政府的歌曲，於是，狠話又來了，叱責搞「俗惡文化」，不務正業；西九「未入直路」，已受到攻擊。

⑦ 2018 年，負責建造西九 M+ 館的新昌營造出現財政困難，未能支付分判商工程費用，管理局於是終止合約，另聘金門建築管理，而且，還要展開一連串的法律訴訟，追討擔保人 AIG 約 3 億賠償，這頭痛事件，令西九的困境雪上加霜。

⑧ 西九管理局過去重用外國人，認為他們有「世界水平」，但是眾多的行政總裁，如 Graham Sheffield、Michael Lynch、Duncan Warren Pescod，似 musical chairs，只做了一年到數年，便辭職「收檔」，公眾不知道他們的「違和」原因，但

是，這幾位總裁，和香港的藝術界氣息不一，很多人還指斥為何要找外國人擔任本地的文化要職，認為他們對本地藝文界「唔知埞」，根本沒有作為。

❾ 西九的兩大地寶：故宮文化博物館和 M+，也飽受風雨，幸好，「故宮」的批評已是「過去式」；但是，M+ 依然是「現在式」。2016 年，時任政務司司長林鄭月娥未經公眾諮詢，宣佈在西九文化區興建「香港故宮文化博物館」。當時，反對聲音強烈，甚至有人指罵為「文化統戰」。我參加了多場研討會，支持「故宮」這個文化建設。想想：「故宮博物院」代表一個城市的文化底蘊，過去，只有北京和台北有這種福氣，在眾多中國城市中，香港竟然有這一種榮譽，真是「百年唔逢一閏」，我們哪可放過？

「故宮」在 2022 年 7 月開幕後，市民的反應正面，不過，大家更期待展覽內容會愈來愈精彩，而 Rocco Yim 所設計的博物館外形，突兀奇麗，傲視西九其他建築。

相反，M+ 至今，未獲各界的認同，有些藝術人認為展品欠缺深度、定位和風格不對勁，更有人批評 M+ 建築物的外形平凡，使人失望。M+ 多劫多難的惡咒，太猛了，至今仍存隱患。

❿ 2021 年，西九就商業發展項目進行招標，可惜最後「流標」，需要優化條件，重新再招標。這個阻滯，影響了西九的財政狀況。八卦堪輿師說：西九地區像一個蛇頭，風水不好。唉，如花園的牡丹開得未夠美，泥沒有錯，花沒有錯，是水份不足；水，「財也」，屬時也、命也！

目前，香港社會的文化和藝術的分工，大概「一分為四」：「文體旅」局負責政策和資源調配、藝術發展局主力培育新人、康

文署管理場地及節目，最後是民間非牟利藝團，執行藝文項目。

西九文化區作為一個世界級的自行管理文化藝術「硬件」，具有獨特意義：除了自身的地標發展，它有責任協助業界產生 Hong Kong-relevant（香港攸關）的頂級藝文節目；同時，它更須肩負着另外兩個宏大的使命：即讓香港的藝文人才及作品獲得國際認同，更讓香港的藝文產業可以衝出維港，在世界文創市場分一杯羹！

西九作為重要藝文場地的管理人，不單只是 enabler（協作者），更應作為 initiator（啟動者）：挑選卓越藝術隊伍，內地或外面力量，策劃及推出頂級作品，在西九打響名堂，「大個仔」後，他們可以進軍境外市場。這便是西九海克力士，挺起胸膛，要帶領香港走出的藝文大道！這大道通了後，來者便可以「有手有腳」，跟從這路線圖運作。但這些宏願，大家嘴巴說了數十年，「頭髮都白埋」。

國家在文化上有三個祝願：香港要有更好的「文化內功」，然後尋找自己在國際的「文化主場」，發展自身「文化產業」，有機對接國際性平台，提升中華文化的影響力。西九文化區必須有決心和策略，擁吻這祝福。

過去，西九的日子，叫做「爬山」；未來的歲月，叫做「開路」，那麼，紅毛泥石屎，從哪裏來？篇幅所限，我未能在此文字「滾瀘」，但是，西九人強馬壯，必可集思廣益。

當西九決定導引合作，出產「自家藝術品牌」之餘，它同時應委託一個由內地、香港和海外的，既客觀又嚴格的藝術評論專家小組去評核藝文界創作出來的東西；因為，香港目前的藝術文

化發展，最弱的一環便是「藝術評論」，圈內諸君常常互相「畀面」，賣瓜讚瓜甜，這個現象，妨礙真正優秀作品的誕生。

自家好，不算好；香港好，大家才真正大好。在未來日子，西九要突破自己，接受一圈又一圈的挑戰，拿着點石成金的指揮棒，把「本地級」文化藝術變成「世界級」，才不會辜負市民數百億元的投資。

只要野心大、步伐大，西九這 Hercules 巨人，想必會抖擻轉運的！人類如有命運共同體，香港的未來必定要跟「文化」連上，才能走在競爭急促世界的前端！

香港成為「中外文化藝術交流中心」的可能

　　香港人，包括商人和官員，多少個有文化修養？但文化，是人的靈魂；擁有靈魂，才可超越其他動物。

　　如何理解文化？不同學者，有不同說法。我喜歡的理論：文化是國家、民族或社會的一種現象，是人們從生活中，經過時間洗禮而延續的生活方式、思維習慣、價值觀念及藝術追求；文化，是人類和精神層面的活動或東西。它可以是物質，例如建築物和服飾，也可以是非物質，例如宗教和文學。

　　嗯，文化深如海洋，但是，我們不用如學者去「潛探」。普通人的生活，簡單如看一部電影、揭一本書、喝一口茉莉花茶，甚至和朋友捉象棋，都是文化；也許這些活動，只算在淺灘浸腳，但是，只要感受到藍水的清涼，那股文化力量，不要看輕，已把你的身體和靈魂連上，產生美妙的心靈光合作用。有文化修養的人，透出一份溫柔、雅淡，和鄙俗的人，無論在魅力和氣場上，都不一樣；你有沒有每天，給靈魂洗澡？

　　朋友跟女兒一起去學書法，他笑：「終於知道《蘭亭集序》是甚麼？」理髮師和太太去了南丫島，他告訴我：「誰想到在離島，竟然有藝術電影放映室，太美妙了！」末期癌症病人楊麗芳發展攝影興趣，出了一本作品集，她說：「鏡頭捕捉生命中美好事物，讓我們重新思考人生的意義；生命長短從不由人，但要珍惜活着的片刻。」

文化有「好」，好的，導人向上，讓人類尋找「真善美」的生活哲學；「壞」的文化，誘人墮落，如性暴動漫、邪教等。好的文化，讓每個人的追求，充滿正能量，重新改變，做個好人。當然，文化有「雅」的一面，如古典音樂、文學；也有「俗」的一面，如廣場舞、電視；而生活中的提升，如烹飪、泡茶的學問，亦視為文化。各展所長。

國家就 2021 至 2025 年《十四五規劃綱要》有關香港的章節，第一次在官方的文件中，提及「支持香港發展中外文化藝術交流中心」，寥寥數筆，沒有詳細解釋；但這句話，一石激起千層浪，香港除了文化藝

術界，社會各界人士，特別是商界，非常好奇：到底「中外文化藝術交流中心」的建議是賣甚麼藥？如何配合？藝術研究員蘇曉明指出：香港目前的文化發展，以「文化活動」（event-based）為主，到底怎樣才可轉為「文化產業帶動」（industry-based）？政府標榜的成績，往往是場地建設、展覽、表演、論壇等活動。

Visionary leadership（願景領導）在內地，比香港強得多；在本城，上層，多是見一步，行一步。學者 Susan Bagyura 在其作品《The Visionary Leader》說得對：好的領袖，除了執行工作，更要為民眾的思想「開瓶」，感染人民去尋求未來理想，如管治者對某些正確事情有所忌諱，或不作出承諾，下面便沒有實際行動。如領袖匱缺引路能力，則社會只會停留在「餐搵餐食」的困局。

中聯辦副主任盧新寧說：「香港長期以來，是中外文化交流藝術中的一條『運河』……所以要讓『文化』成為香港未來發展的關鍵詞。」她又說：「也許因為經濟對香港發展的貢獻太過突出，同步成長的文化反而讓人印象不深，甚至會有『商業味太濃，文化味不足』的感覺。」

她解釋為何中央對香港會提出這建議：「今天的世界正經歷百年未有之大變局，我們國家前所未有地走近世界舞台中心，這是一個東方文明、中華文化，向世界自信展示的新時代，也是一個中西文化互鑒互通、交流碰撞的大時代。」

她強調：「中央對香港過往成就的充份肯定，也是對未來發展的更高期待，這是香港不容錯失的重大機遇。」她對香港這新方向，有 3 點補充：

❶【香港要有更好的文化內功】她說：「……很難想像一座沒

有文化底蘊的城市，會成為國際文化藝術交流中心。香港喜歡對標國際，倫敦、紐約都是從貿易起家，然後以金融聞名，同時成為世界文化藝術中心。」故此，「香港需要苦練『內功』，用更多更好的作品和項目『話事』，才能『請得進來』『走得出去』，擁有與國際文化藝術對話的實力。」「香港周邊的韓國、台灣、以及東南亞等已先後崛起，迎頭趕上，香港文化產業的傳統優勢受到明顯衝擊⋯⋯需要迎難而上，進一步提升競爭力、吸引力。」

她說得對，看看香港電影、出版、音樂、時裝等的衰退，我們內心多痛。

❷【香港要發揮中外互通】她解釋：「香港要尋找自己的『文化主場』，築牢自己的『文化根基』，才會提升作為交流中心的『文化魅力』。」「香港曾擁有一批有着世界影響力的文化大家⋯⋯饒宗頤通過學術研究，將中國思想傳播到世界，金庸通過武俠小說，將中國文化介紹給世界，王家衛通過電影藝術，將中華韻味展現給世界⋯⋯好作品不會憑空而來⋯⋯是因為他們有着共同的根和魂，最動人處都飽含對中華文化的深沉之愛。」「香港是世界的，更是中國的⋯⋯古為今用、洋為中用，辨證取捨、推陳出新，實現中華文化的『創造性』轉化和『創新性』發展，才能在世界文化激盪中站穩腳跟。」

這番話，使我想到在 1957 年，白雪仙改革粵劇，中西並蓄，創造了六十多年來歷久不衰的戲寶《帝女花》，也想起了在 1995 年，周星馳以香港人「無厘頭」風格，成就了影響亞洲的《西遊記》！

❸【文化產業要三方發展起來】她強調：「文化藝術不是一般

商品⋯⋯文化產業的發展，需要政府、社會、市場三邊各盡其責、協同發力。政府需要通過頂層設計、協調社會、引導市場⋯⋯故此，如何展現吐故納新的香港文化新氣象？如何培養更多年輕人走上舞台，使之成為文藝新風尚、新潮流的創造者和引領者？如何用好大灣區這一廣闊腹地，更快融入國家潛力無限的廣闊舞台與巨大市場？如何打造創意、人才、資本等要素，有機對接國際性平台，提升中華文化的國際影響力？」

但是，我只覺香港不少「利字當頭」的商界，他們口說支持文化，其實從來沒有認真地推動文化產業。香港的文化大企業，不超過 10 家，有很多家，背景還是國家支持的。商人為何不做文化事業，他們說：「不賺錢！別做！」

主任最後幽默地用了兩首香港名曲：「面朝大海，禦風而行，一直是香港文化藝術的精神寫照。相信香港定會以『滄海一聲笑』的豪情，『海闊天空』，志存高遠，成就中外文化藝術交流的新篇章！」

從上述講話，中央已指出香港在文化藝術交流的使命，又指出人才、內容、市場的重要，並要求政府、商界、市民的三方參與，為漆桶脫底，透出光亮的方向。但回首，總叫人唏噓，想到香港的文化曾影響亞洲，例如名曲《上海灘》，便出現了越南版、印尼版、泰國版⋯⋯

我常常覺得，活在此刻，目不暇接。中國，正面對美國的月旦事端，明顯的動機，是不願見到我國強大下去；但是，中國要進步，這是不可逆轉的民族信念。故此，中國提升經濟「硬實力」的同時，也會推動中華民族的「文化軟實力」。這願景非常重要。

如果中國未能向世界傳播當代中國的思想、展現中華文化的獨特魅力，則我們在國際的話語權、在建設世界和諧的感召力、在人類文化的投入度，便會大大被削弱。歷史上，除了上海，香港是百年以來最華洋共處的中國大都會，因香港曾是中西文化共冶的大熔爐，故此，國家順理成章，寄望香港擔當上述「軟實力」的加速器。

此外，文化本身是一種教育力量，因為社會的文化氛圍，對人們有着耳濡目染的作用。可是，從香港近年發生的亂局看來，許多人在思想觀念、行為方式，都遠離了中國人的「溫良恭儉讓」的可貴美德，相差很遠。所以，香港的未來日子，重點應放在文化和藝術的影響，重新培育港人的良善涵養，這才合乎社會的利益。如香港想攀上頂級世界大都會的角色，但是，人的水平，並未趕上，如何大吹大擂？

我更想指出文化和經濟的關係，香港目前文化產業的褪色，見者心碎，戰後，從內地來的文化商人，很多已離世，企業也結束；故此，希望隨着「中外文化藝術交流中心」的發展，更多的本地商界能夠認真地創立「文化企業」，讓香港的文化產業有機會發動起來，不要只怕蝕本，忘記國家責任。「文化經濟學」（cultural economy）已經成為世界各國的一門新的研究學科，到底「文化經濟」對香港甚至中國的現代社會建設會有甚麼裨益？為 22 世紀的人類，又有甚麼貢獻？在偉大的中華傳統文化以外，在現代世界洪流裏，香港的中外合體，又可如何感動亞洲？香港人強於「商業」掛帥，往後，「文化混合產業」的經濟新力量，又能否變成香港的獨特強項？

國家今次扔一塊香港石頭到文化海洋裏，看看它會否引起千層浪、震動四大洋？又看看香港人今次能否「爭氣」？除了「硬件」以外，全城各界，特別是商界，真心合力貢獻社會，建立「軟件」，追趕香港在「文化建設」的墮後，否則，我們的城市又再撲通、撲通，跌回海底⋯⋯

藝術經濟的「三化」

生活，沉重，懸垂於空中。精神食糧，打開人的心窗，如婀娜陽光射進，小房間變得清香。

藝術是甚麼？各有所述。基本來説，人類精神活動在「優」良的創意思維下、「優」秀的美學技巧下、「優」凡的感情發揮下，所產生之唯心作品，謂之藝術。但在這標準下，不合格的，難稱為「藝術」。香港的藝術發展，只要香港人醒覺，會一天比一天好。

藝術有 4 點大家要明白：所謂「美」和「不美」，是主觀及具潮流性，因此，「暴力美」、「頹廢美」等不常概念，有時候亦要容忍。日常生活的，如烹調、園藝等，有人稱之為「藝術」，廣義來説，也許是對，不過視為「技藝」，合理一些。有些人強調藝術一定要讓大眾產生共鳴，但是，情感會否互通，是主觀，見仁見智。最後，有意見認為藝術應為政治服務，關於這點，世界各地的持份者，看法不一，爭辯激烈；故有一派叫「純藝術」，堅持藝術要單純，因為當藝術扯上政治，便會複雜。

讓我舉個「藝術」成份的例子：舉世讚美的電影《花樣年華》，是導演王家衛的心血，故事講梁朝偉、張曼玉，六十年代一對「男已婚，女已嫁」的苦戀，作品的思想，細膩而含蓄、滿佈隱喻，探討人類的道德和慾望；而它「意識流」技術手法，再加上那中西的美學結合，視覺藝術極優秀，而電影之死靡它的淒美感情世界，打動人心；成為「21 世紀必看的電影」，這便是「藝術」。

香港的藝術成就，曾經揚威國際！

藝術是甚麼？它有 9 大體系：文學、視覺藝術（如繪畫）、音樂、舞蹈、戲劇、電影、科技新媒體藝術、建築、雕塑。在香港，會加上「傳統戲曲」（如京劇、粵劇），共 10 類。

愛好藝術，並不等於你要成為一個藝術家，哪裏有這麼多天才，但是，認識藝術之後，藝術作品在思想、美學和感情上所帶來的觸動，既是你的精神愉悅，也是你的性格陶冶。藝術，提高了綜合素質，為我們粗糙的人生，打開了「真、善、美」的心靈。

藝術也是一門特別「語言」，如英語、法語、德語，懂得了，你可以和自己、芸芸眾生、天地萬物溝通，當擁有不一樣的思維，你再不受到世俗的擺佈，更不會被利益計算所困擾。未來的香港，追求「大吃大喝大花筒」的年代，將會「娘爆」過時。有一天，你穿一件 Muji，和穿一件 Dior 上街，感到同樣自信，那就是藝術對你產生的美麗。

最近，我和幾個隱世「高人」談香港的藝術發展，他們博洽多聞，大家對香港的藝術發展，有以下看法：

➊ 內地偏重「思想主導」，但是，香港是「一國兩制」的特殊城市，最大的優點是只要在遵守某些國安紅線下，仍享有大量創作自主，香港人應該珍惜自強，利用這環境，創造出優秀的作品，為香港、為中華民族，贏得世界的掌聲。作品不好，只怪自己，別埋怨環境因素，或製作費用不夠，這個藉口太容易了。

➋ 現在，最着急的是藝術人才和觀眾的培養：沒有人才，便沒有力量；更因缺乏競爭，優秀作品產生不了；於是，觀眾亦不會產生興趣，香港更沒有能力打進內地和國際市場。香港藝圈今

天，仍留在「塘水滾塘魚，左手交右手」的既有環境，主要靠政府資助的藝術活動，在政府的場地進行。香港的藝術發展，仍舊是「小城」風貌。

③ 培養觀眾方面的工作，要由孩子們從小做起，所以，學校的教育和社區的活動，最為重要；而對成年人的推動呢？最重要靠兩媒：傳媒和「社媒」。此外，政府目前的政策是對的：普羅大眾不用花錢，或花少許錢，便可以有機會接觸藝術；讓香港社會的上、中、基層，不論年紀，在每天生活中，只要願意，就欣賞到藝術。

② 樂見在香港各區，建立大大小小的「社區文化藝術中心」（community art centre），它們不一定要高檔的，但求引起區民的探訪，多感受藝術，改善涵養。他們就算穿涼鞋、短褲，走路來跟藝術講 hello，也很好呀！因為，如果老百姓並不認識基本藝術，便不會對精神生活，有所改進。讓我告訴你一個感人的故事：十多年前，我協助尖沙咀文化中心外面的一個媒體藝術展覽，它晚上 11 時關閉；這時，一個年約十四、五歲的小朋友走過來，對我說：「哥哥，我從老遠的新界出來，我是學生，喜歡藝術，不過我在快餐店兼職，剛剛下班趕來，已經晚了，但我很想看這展覽，可惜明天和後天，會更遲收工，你可否幫幫我，叫工作人員讓我入去參觀？」我不知道這小朋友，今天是否已成為藝術家，不過，我一直在想：為甚麼「一線」的藝術活動，主要集中在尖沙咀、西九和中環這些高貴地區？

前立法會，代表文化藝術界的議員馬逢國和我聊天，他說：「藝術是文化的美貌，但願政府推動，在下列三方面，訂出實實際

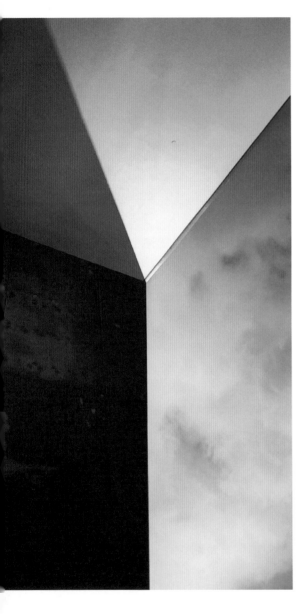

際的新舉措：藝術人才要『精英化』，才可推動市場關注；藝術活動要『產業及外輸化』，才可建立新的力量；藝術要『普及化』，拓展觀眾群，才可改善藝術工作者的生計！」我開玩笑：「目前，大家的狀態是『出汗不減病』。」

前香港設計中心主席羅仲榮曾經説過：「韓國的方法，很值得參考，他們培養人才方面，是『picking winners』（挑選最好的），政府加上商界的共同資源，把它產業化，當人才和他們的作品『產業化』後，變成持續的經濟行為，才會浪花滾滾，鼓勵更多人『入行』、更多資金『入局』、更多觀眾『入場』；文化、藝術、創意，才會轉化成為

香港的大環境！」可惜，本地的精明商人，有「三不碰」：科技、文化藝術和傳媒出版！

掌管文化的前局長何志平幽默地說：「最大目標：『是讓有錢人藝術起來！讓藝術人有錢起來！』當香港缺乏一批有文化藝術修養的商人，如內地所說的『儒商』，那麼，香港的社會和經濟發展，便會斷了一條腿，因為，任何新方向的推動，都需要資金支持！」我同意：「如果香港的財富，仍然大量集中在『炒樓』、『炒股票』、『炒手袋』、『炒手錶』、『炒古董』、『炒球鞋』、『炒 Bitcoin』等等等；投機商人，不做文化實業，以『刀頭舔蜜，兔死狗烹』的短視遊戲來搵快錢，香港會有更好文化經濟勢頭？」

畫家朋友搖頭：「香港的中產喜歡吃很多的 food supplements，卻沒有太多人吃 spiritual food supplements（精神營養補充品）！」我搭腔：「香港許多年輕人大學畢業後，仍是『啃老族』，也有他們難處，因為香港的傳統『工種』不是式微，便是人才過剩，難得出頭天。而且『朝九晚五』的沉悶生活，對偏好 work-life balance 的新人類，不合胃口。發展創意產業如文化和藝術，才是『千世代』的新鮮出路！」

經營畫廊的朋友解釋：「藝術，是嶄新經濟力量：全世界的城市，都努力發展 art economy，它的收益分為 direct（直接）和 indirect（間接），例如藝術品買賣、表演入場券、藝術教育、版權費等等，是直接收益；而藝術所帶來的間接收益，同樣龐大，例如香港三月份的『藝術節』期間，酒店、旅遊、餐飲、航空交通等，日進斗金；還加上『藝術範疇』的其他服務行業呢，例如展覽裝置、運輸、保險、貨倉、銀行匯款等，也因此興旺起來。

香港的藝術生意，應該定位在三方面：❶ 藝術的「生產基地」，因為香港各方面的藝術人才，基本擁有了；❷ 藝術的「交流中心」，世界的朋友都喜歡來香港這美麗城市，認識新知和敍舊；❸ 香港更是「世界藝術的交易中心」，這裏的銀行服務到位，又沒有外匯管制，稅制和出入口法規非常簡單，適合藝術買賣。」

國家前文化部長孫家正說過這番話：「香港是中外文化藝術共融互通的地方：外國朋友，可以在香港看到中國的文化藝術；內地的朋友，可以在香港看到外國的文化藝術！」

目前來說，香港作為藝術「集散地」的成績，比作為「生產地」，更為表現出色。世界當代藝術的拍賣市場，紐約是第一位，香港第二位，倫敦第三位。全球的藝術和商業之都，如巴黎和柏林，吸引了大量精英去工作和定居，為甚麼？因為精英追求一個城市多姿多彩的精神生活。香港能否人才國際化和多元化，便要看我們的文化藝術可否吸引他們住下來！

香港近年的社會氣氛，頗不包容，常有「兩極對罵」的情況，灰色也容不下，這樣對藝術發展，並不是好事。因為，中庸之道，路才變得寬闊，走路的人才多起來。藝術是非常個人的思想和情感表達，「彼之砒霜，吾之蜜糖」；我挑我的鞋，他挑他的襪，不用敵拼！所以，香港如果要成為藝術的交流中心，古今中外、上下左右的東西，我們都應有胸襟去接納，看到不喜歡的東西，微笑地說句：「Each, according to his style!」你的包容，才會成就別人的不朽！

「元宇宙」：文化面面觀

活到今天，才知道虛幻和現實，竟是休戚相關，如愛和恨。

楊紫瓊的最新電影《奇異女俠玩救宇宙》：一個家庭主婦，同時活在數個的「宇宙」，弄得「一鑊泡」，掀起香港人對「元宇宙」的話題。

「元宇宙」，是網商提供的線上虛擬「地球」，在那裏，除了吃，人類虛幻的生活，一天 24 小時內，通通解決；而且，男人可以做女人，女人可以變小男孩。

哲學家莊子，有一天做夢，夢見自己是一隻蝴蝶，他在思考：到底「蝴蝶」還是「莊子」才是真實的自己呢？用現代人術語：現實是虛擬？還是虛擬才是現實？這是我國哲學史上一個重要的故事，叫「莊周蝶夢」。

十七世紀法國哲學家勒內‧笛卡兒（René Descartes）認為：人是通過感官，去「感知」世界；故此，萬物，可能是真，也可能是假，都只是被腦袋「感知」出來的表象。

這方面，和南宋哲學家陸九淵的「宇宙」學說異曲同工，他說：「宇宙便是吾心，吾心即是宇宙。萬物森然於方寸之間，滿心而發，充塞宇宙。」真實和幻覺，俱由心生。我們接受催眠時，所產生的聯想，往往是現實事情的延伸；相反，在現實中，有些看到的東西，根本是假象，例如「海市蜃樓」，或在水面看一雙沉在水中的筷子，會是彎曲的。

　　孫悟空是我國傳統小說《西遊記》中一隻法力高強的石猴，擁有「七十二變地煞術」，天天移形換影，在不同空間生活，恐怕是第一代「Metaverse」！

　　電影《Inception》（《潛行凶間》）探討人類的夢境：在睡夢裏，可以「夢中有夢」、「眾人分享同一夢境」、「偷走別人的夢」，原來，夢中的存在，是現實的分流。

　　另一部電影，《Free Guy》（《爆機自由仁》）更接近「元宇宙」：在現實中，主角們本是無名小輩，是 NPC（Non-player Character，即「茄喱啡」），但當使用虛擬身份去了「元宇宙」（這字來自「Meta」，加上「Universe」，後簡化為一個名詞

「Metaverse」。「Meta」這字來自希臘文，解作「自我」、「超越」等，而「Universe」便是宇宙），立刻生龍活虎，化身英雄。但是，在虛擬世界，生活並不容易，也得買房子、買生活用品；而且，全都要拿現實中的「真錢」，去換取「虛擬貨幣」（如「以太幣 ETH」）來消費。

「元宇宙 Metaverse」一詞，來自 1992 年 Neal Stephenson 的科幻小説《Snow Crash》（《潰雪》），主角是個外賣員，下了班，以駭客身份，進入了一個叫「魅他域」的虛擬網絡世界，故此，「元宇宙」又常稱為「魅他域」。在書中，「元宇宙」這城市，沿着公路發展出來，有住宅、公園、辦公大樓等，它是一個與「現實世界」平衡的「虛擬世界」。

1989 年，電子遊戲 SimCity（模擬城市）出現，玩家可以在網上建造自己理想的城市，但當時的科技簡單，城市都是平面的，遊戲也不是「VR」，故此不算「元宇宙」。

從古至今，人類都想活在「另一世界」，每晚看到月球，胡思亂想，便是這慾望：虛幻天地，可以是憑空，指雁為羹想像出來，例如「妙有玄真境，渺渺紫金闕」。這虛假世界，又可以是扮演出來：小時候，我和弟妹常常玩「清宮殘夢與老佛爺」或「如來神掌」，這是我們的「元宇宙」。它亦可以是睡夢中的幻覺，如杜甫的「故人入我夢，明我長相憶」。更有可能只是吸毒擾亂了腦袋，病友告訴我：「吃了『搖頭丸』，飛去了另一個世界！」最後，很多人通過電子遊戲（Electronic Games），活在另一殺戮世界。

我曾經去過銅鑼灣一處「Game 場」，穿上電子裝備，佩戴沉重的頭盔，像科幻片主角，攻打虛擬怪獸，累得想死，不想再

試「元宇宙」類似感覺。

2021年，科網「巨人」公司Facebook宣佈更名為Meta，發展「元宇宙」。他們解釋：新一代不再滿足於透過熒幕，彼此平面「打字」交往，年輕人喜歡創新的「沉浸感」（這字來自「immersive」，即「立體實境」感受）；而「元宇宙Metaverse」正好提供一個3D新世界給大家：現實裏，當人們無法走在一起，但通過Metaverse，大家可在電腦相遇，恍如真實地與親友擁抱。但Facebook的對手Elon Musk則潑冷水：「我不看好『元宇宙』，誰有興趣一天到晚把機器綁在臉上去幻想！」

目前，「元宇宙」使用者有限，但逐漸地，當愈來愈多人使用，形成「critical mass」（群眾效應），爆炸力會十分驚人；就像90年代，通訊科技發展迅速，影響了全球人類，討厭「手機」的我，也得放棄「地線」，成了「流動手機」的奴隸！

香港人是「科技保守」的，我身邊的朋友説：「人追科技，會『追死人』㗎！夠用便算，多一件東西，煩多一件事情！」金融界發表偉論：「香港人很現實，『搵到銀』，甚麼都玩，如果在『元宇宙』未能投資賺錢，何必浪費時間做電腦『宅男』？不過，日本名牌Asics最近賣了百對虛擬球鞋，賺了千萬元！」年輕人大嚷：「如果『元宇宙』可以提供刺激的『VR』（擬真）遊戲，當然要去，現在的平面電子遊戲，不爽！」中環秘書鄙視：「阿姐有閒錢，走去真實的Gucci shop啦，何必去The Sandbox買數萬元的『虛擬』Gucci手袋？」毒女暗笑：「網上騙情的『殺豬盤』，多不勝數，『元宇宙』只是多了一處地方給壞男人『搵食』。」英國有一個女編輯試玩「元宇宙」，竟被留着鬍鬚的「公仔」企圖「虛擬性侵」。

而學者則警告:「在『元宇宙』,大家活在一個監管不力的蠻荒,想想:如果小女孩在『元宇宙』給色魔誘騙,約她在橫街窄巷見面,那多危險。目前,『元宇宙』的網站,多是在外國成立,香港政府沒法保障本地受害人?」害羞男低頭:「在 Horizon Worlds 的『元宇宙』平台,換上一個『靚仔』樣子,已有女子和我調情!」我失笑:「那『女子』可能是男人!」

科技公司告訴我:「一個立體『數碼人』的背後製作成本,是驚人的,在香港,有多少科技公司負擔得起?」演藝人懷疑:「我們經營 Instagram,放些日常照片便可以『過骨』,將來要我弄一個『Metaverse 假身』,天天演戲,煩死。」紀律部隊朋友搖頭:「如果『元宇宙』的公仔玩『集體服毒』,我們有權去拉人嗎?」歌手拍掌:「我想學 Travis Scott,開『元宇宙』演唱會,找 1,200 萬觀眾!」網紅叫着:「我要做亞洲最紅的『元宇宙』KOC!」

內地專家朱嘉明指出:未來人類將活在兩個世界,真實世界和「元宇宙」,這「後人類社會」,和歷史上的「大航海時代」、「工業革命時代」、「航天時代」,同具重大意義;因為人類在未來「元宇宙」的演變過程中,既有的「生命概念」、「時空概念」、「能量概念」、「族群概念」、「經濟概念」和「價值觀念」會被徹底改變;而影響的層面,將包括政治、社會、哲學,甚至倫理。舉例來說,你在網上及現實擁有兩個丈夫,道德嗎?而且,其中一個丈夫,只是一個 12 歲的初中生!

到底是甚麼科技,使我們可以「創造」出另一世界呢?過去 10 年,主要是 4 方面的科技突破:❶ 虛擬環境的真實感 ❷ 虛擬人動作的暢順度 ❸ 虛擬世界內,人和人的互動性 ❹ 虛擬商業交

易的靈活性。科學家務求每位用戶，在虛擬世界可即時指揮「化身」，例如當你移動手掌，化身便會即時移動手掌。而先進的手機科技如 5G 及 6G 功能，讓它可以處理極複雜的程式，此外，當互聯網提升到 Web 3.0、AI（人工智能）的時候，它產生了高度思辨能力；而虛擬科技如 VR（Virtual Reality，電腦模擬三維環境）、AR（Augmented Reality，擴增實境），可把圖像和影音等內容，隨便放進虛擬環境使用；MR（Mixed Reality），更把前兩者合二為一。

要玩「元宇宙」，設備包括 Headset（頭罩）、PC（個人電腦）、Mobile（手機）、Web（網絡）、Projection（投影）、Kiosk（終端亭）等。而「元宇宙」的商業交易，靠的數碼技術有 De-Fi（Decentralized Finance，「去中心化」區塊鏈金融）、IPFS（Inter-planetary File System，虛擬貨幣的製造技術）及 NFT（Non-fungible Token，虛擬產品），這些都要用「真錢」換回來使用！

2022 年，Meta 公司宣佈推出十多項他們「專利」的科技，這些設備可以追蹤瞳孔、面部表情、身體姿勢，大大增加用戶的「真實感」；也許，有一天，更會發明追蹤「腦電波」的工具，令到人類未來在「元宇宙」的動作，將更快更準！

我的律師朋友說：「我玩過『元宇宙』，長久佩戴這些東西，會損害視力！」Meta 老闆 Mark Zuckerberg 卻最近示範了「觸覺手套」，它像蜘蛛俠的手套，當你移動，你的「化身」便在「元宇宙」立刻重複同一動作，可和網友手拖手。

「元宇宙」會否成為「誓得風雲，雄霸天下」的「平行

時空世界」呢？你看 Meta 的股價大跌，也許是投資者看淡 Metaverse。約 1998 年，Motorola 想出 Iridium Satellite Phone（衛星手機）的大膽主意，結果太前衛，殞命收場；有興趣的，可以看一本書叫《Eccentric Orbits：The Iridium Story》。

看看「元宇宙」的所謂八大吸引之處：① 創造虛擬身份 ② 結交虛擬朋友 ③ 網上及網下，人和化身同步活動 ④ 沉浸在一個有趣的虛擬天地 ⑤ 隨時隨地做出不可思議的事情 ⑥ 龐大複雜的自我經濟貿易體系 ⑦ 接觸前所未有的豐富內容和遊戲 ⑧ 創造人類數碼時代的「後文明」。你對這些優點真的有興趣嗎？

我們被一個殘酷現實的地球，已折磨至半死，還要跳去另一新世界？恐怕精力過剩的人，才有興致去製造兩個「自己」；當然，香港人喜歡「搶錢」，如果「元宇宙」可以「搵大錢」，當作別論……

「元宇宙」是大革命，人類將會同時擁有「地球」和「元宇宙」兩個天地；最近，港鐵公司也建立「元宇宙」鐵路據點，但是，科技走得太急，可能過猶不及，適得其反。當人死後，「元宇宙」的「假身」仍活着，這些孤魂又如何處理？

「君恨我生遲，我恨君生早」。新事物，來得太晚，或會太早！本人生得逢時，我的快樂少年，是沒有科技的；只有一片草地、一座鞦韆。

法律和文化角度：區塊鏈、加密貨幣和 NFT

全城都在談 NFT！宛如，千萬個金幣正流入維港；像聖經裏，蛇利用貪婪，誘惑夏娃偷吃伊甸園的禁果。

傳媒落力報道：印尼青年把自拍照當 NFT，放在網上，賺了 100 萬美金；新加坡美女將照片放上「OpenSea」平台，4,000 萬港幣成交；周杰倫和余文樂的 NFT 帶動億萬的收益。啊呀，是「炒作水份」？

我是律師、文化工作者、證監會持牌人；電腦從「WANG」用到今天的 Mac，手機從「大哥大」用到「Samsung」，恐怕夠耆宿，從社會和文化角度，分析 NFT 的發展原委。

1876 年，人類發明電話，為的是隔空溝通，但電話的「內容功能」有限，只傳遞聲音。1946 年，人類又發明了電腦，在六十年代，引入香港使用；當時，電腦是龐然大物，像台雪櫃，但它的「內容功能」已擴闊文字輸送。八十年代，「大哥大」，又稱「移動電話（cellular phone）」在香港有賣，但是，它的功能仍限於「撥號」通話。

到了九十年代，人類發明了「WAP」接通系統，把「移動電話」以傳統的「電話網絡」接通「互聯網」（internet），使它的功能進一步提升，例如下載圖像和進行簡單遊戲。那年代，香港人不再說「cellular phone」，改稱「mobile phone」（手機）。

約 2000 年，「智能手機」（smartphone）引入香港，突破的

「PDA」功能加入手機中，可以直接駁通互聯網，網上的「應用程式」（applications）的內容經手機操作，例如查覆電郵、瀏覽網頁、控制多媒體（multimedia）檔案等；而且，智能手機更發展自己的「應用軟件」（mobile apps），種種的運算、視頻、感測（sensor）功能，再難不倒它。自此，手機科技突進，變成一部獨立電腦。內地在八十年代，愛用「電子計算機」這名稱，現在，誰不説「電腦」？

為甚麼我要説明上述歷史？因想解釋人類的通訊發展，是跟從這個方向走：目的從「溝通（communication）」、到「內容享用（content usage）」、再到「遊戲（games）」及「商業交易（transactions）」；在未來，人類更想通過手機，存活在虛擬世界「元宇宙 metaverse」。除非人類放慢拓展科技，否則，「順科技者昌，逆科技者亡」，這是殘酷的事實。本人並不享受新科技面世，更討厭在網上進行銀行交易，但是，也得默默接受「日新月異」；如趕不上，便被遺棄。

中文大學黃錦輝教授説：「實體商業市場，有根有據，NFT（非同質化代幣 non-fungible token，可解作『獨一無二的代幣』）只是猜度式的虛擬市場，炒風旺盛，並非可靠。」而 NFT 更帶來了很多道德和法律的問題，例如「洗黑錢」和「欺詐」等罪行。不過，水，可以翻船，但亦能「載舟」；人類宜監管科技，但不宜窒礙它的進步。1866 年，化學家諾貝爾發明了矽藻土炸藥，有人用來打仗，但同時也打通了千千萬萬條隧道，利便交通。

我的第二個觀點：人類通訊科技發展，背後不外三種力量：樂趣、好奇、貪婪，不是嗎？「手機」，除了用來溝通以外，輸

送的內容都是為了追求樂趣，例如音樂、電影等。此外，手機滿是眼花繚亂的「apps」，是因為人類好奇、貪新鮮。現今，NFT瘋狂流行，更顯示貪婪的面孔，手機用來買賣「虛擬產品」，以最快的時間，賺到最快的錢。

要認識 NFT，首先要懂得「Blockchain（區塊鏈）」的技術發明；技術細節不談，簡單來説：Blockchain 便是在網上把一群買賣方串連在一起，「群龍困獸鬥」，大家毋須顯示真正身份，但可用個人的虛擬密碼，在網上進行交易，例如買賣網上照片；當交易雙方身份的確認，加上 blockchain「數碼認證」核實後，A 賬戶（賬戶叫「加密錢包（crypto wallet）」）的虛擬「加密貨幣」（cryptocurrency）」便會被轉到 B 的賬戶；這宗交易是公開給 blockchain 所有參與方知悉的，而交易紀錄，更是沒法竄改。所以，NFT 貨品的價格上落，表面上透明，互相監察，但誰人在背後操控價格，沒人知曉！

Blockchain 是交易運作平台，NFT 是交易的貨品，聲稱獨一無二（富豪李兆基的侄兒李應樵，想打破常規，將「虛擬貨品」定位為股票，即大家共同擁有網下實體的藝術品（如清朝花瓶）的股權，他叫這做「fusion NFT」），而 cryptocurrency，就是交易 NFT 所用的「虛擬貨幣」。那如何「玩」NFT？投資者要先上網，以「真金白銀」購入「虛擬貨幣」，再挑取一個 NFT 交易平台，跟着把「錢包」連結到平台，購入心目中的 NFT「產品」！有人説，這方法比用信用卡或「手機現金」交易，更方便快捷。

現時，交易平台（如 Rarible、Foundation）、交易貨幣（如 Ethereum）、交易產品如（Funko、Takung Art），五花八門，既

沒有法律監管，亦缺乏權益保障，所以說，成也「自由」，敗也「自由」。但是，年輕律師告訴我：「我輸得起！此外，賺到錢又不需要交稅！」

　　香港去年約有 1,400 宗虛擬資產罪案，涉及款項逾 8 億元。目前，香港沒有特定的法律直接監管 blockchain、虛擬貨幣或產品；故此，缺乏一套法例寫清楚：哪些具體行為將視為不合法？而能夠「對付」犯罪分子的，只能靠現行的不同法例。同時，香港亦沒有專職部門，負責監管 blockchain 活動，故此，所有監管個案，只靠受害人「投訴」帶動。舉例來說：如果網站在香港運作，涉及「不良營商手法」，要向香港海關投訴。有一個外國朋友，誤託一家香港公司代購虛擬貨幣，結果被騙了，要向警方投訴「詐騙罪」。如有公司叫員工代售 NFT，但他收取別人的秘密回佣，可向廉政公署投訴。如果 NFT 涉及「證券」活動，則受害人可向香港證監會投訴。假設 blockchain 背後，有一家銀行在協助操盤，則應該向金融管理局投訴。煩未？

　　科技的東西，「一管就死，一放就亂」，擁有千萬客戶的新加坡加密交易平台 Crypto.com，最近遭到黑客入侵，損失數千萬美元，新加坡政府開始嚴肅處理，監管虛擬投資活動，特別是 NFT 的保安及宣傳手法；世界各國也正展開類似立法。在祖國，「加密貨幣」是絕對犯法的。

　　文化人想賣「NFT 文」、藝術家想賣「NFT 畫」、設計師想賣「NFT 公仔」、音樂人想賣「NFT 歌」，但畢竟，「東方熱」，目前以中國文化為「火眼」，香港本土東西，不容易招來國際垂青。

　　人類的文化歷史，因應新發明而改變，如報紙和電視；而新

東西只要歷久不衰，便成為人類文明，姑且看看「NFT 文化產品」能否大賣及持久；這依靠六個因素：

① 創作人的「知名度」：名氣如曾梵志、郎朗、李宗盛等，當然非同凡響，放的「NFT 屁」，也是香的。

② 作品的「稀少性」：好像音樂人陳奐仁，一天到晚聽到他出版 NFT，並不稀罕，大家自然興趣大減。

③ 作品本身的「創意價值（creative value）」：即作品是否有設計或藝術水平，這不是單靠「炒家」吹水便可以，在藝術和設計等行頭，都有受人信賴的專家，而「專家意見（expert opinion）」的認同，是非常關鍵的。最近，有位知名人士吹噓自己的 NFT 畫作受到國際追捧，我們專業的，捧着肚哈哈笑。

④ 社交媒體的「話題性」：東京奧運的滑板運動員堀米雄斗，利用得到金牌的熱潮，推出個人雕塑 NFT，賺了一筆；但是，熱門話題，不會長久。香港有一陣子，很喜歡日本藝術家村上隆，你看，最近都沒有人提起。

⑤ 「流行趨勢」：饒舌歌手 Quavo 説得好：「總要為人們製造一個新趨勢，讓大家有一個新搞作！」前陣子流行 NFT 遊戲，轉眼間，紅的換了 NFT 貓狗圖片，現或變了波鞋圖片。要「食準」潮流，timing 不易。

⑥ 「炒家」是否垂青：在股票行業，我們稱影響市場的人做「莊家」，他們盯上一個目標物，便會加上其他炒賣者，合作推波助瀾，合法或非法地推高價錢，他們「急買、急炒、急放」；亂來的，更會透過虛假交易，左手賣、右手買、轉手散貨，這叫「造市」，如在股票市場，已經違反了證券法例：即以欺騙手段誘使他人投資。

法律前輩「老屁股」，搖頭：「我才不碰 NFT！第一，NFT 貨物的價格許多缺乏理據，極不透明。第二，這些平台來自不同國家，香港政府哪有權去監管別國？第三，這些『加密貨幣』，難以追蹤來歷，誰實際擁有，也不知道，容易洗黑錢！」我認同：「好的藝術，本來是用來潤澤心靈，或成為『知心人』的長線心頭好；現在，大家扭曲了，作品成為投機者的短命『寵物』！」

　　我的藝術導師更憤世嫉俗，説：「唭！有些藝術家不談錢；有些卻天天只想『搵錢』。賺錢，有『短錢』和『長錢』兩種，我喜歡那些做好本份，靠作品慢慢升值的創作人；至於急功近利，想利用 NFT『撈番一筆』的，極為討厭！」我見他狀似斬人，連忙降溫：「NFT 可帶出生活樂趣，西雅圖有 NFT Museum，香港尖沙咀有一家 Start Art Gallery 賣 NFT 畫作。Samsung 新出的 Micro LED 更具備『藝術制式』，支援我們在家欣賞 NFT 數碼照片，爽！」導師氣壞，趕我出門。

　　捫心自問，我討厭「投機」行為，但是，當市場充斥着別人不道德行為的同時，你自己的「貪婪」和「愚蠢」，又該負上甚麼責任呢？人人都只叫政府去監管 NFT，但是，回到家裏，卻立刻上網炒賣，火上加油！我害怕任何虛擬的東西，包括愛情；不過，在現實裏，舊的東西在不斷腐蝕，新的東西卻不斷滋生，從古到今，人類都是這樣一拐一拐地邁向進步。你想想：我是作家，寫了一本好小説，放在 NFT，當版權費收入因為 NFT 價值增加的時候，不停收到分紅，豈不快哉？

　　舊人哭，新人笑，誰可改變？我這半新不舊的，最哭笑難分……

內地年輕人文化的「新身份證」

　　中國的未來強大，在乎國民的品德，更關係到年輕人的教育。

　　西方教育，側重「嘗試」，放手讓小朋友從自由中學習成長；但從香港過去看來，問題是當年輕人爭取各種自由，卻沒有好好利用思考的自由，有些犯下大錯；頓悟了，翻身，往往太遲。

　　今天的年輕人，手不離「機」，從張開眼睛到睡覺，對着手機掃看按，好處？信息和生活的便利。但是，互聯網的內容，許多都是別人「餵」的，取態，來自群組的偏頗；這時候，信息的自由，反而傷害了你的獨立思想，更不用說過度使用手機會引致頸椎病。

　　有些學者，開始研究西方「自我氾濫」的教育，會否沒有壞處；當然，亦有學者批評東方式的教育，是「機械化」（mechanization），教出來的年輕人，思想和性格，大同小異，缺乏多元化和創造力。中國人的傳統教育，不強調「自我」，主張「克己」；它以「己立立人」作出發，活潑是少了點，不過，社會「入則孝，出則悌（即敬愛），謹而信（即信用），泛愛眾（即關愛別人），而親仁（和有仁德的人交往）」。

　　東西方教育，正尋求互相融合的方法。西方人，羨慕亞洲人教育水平的急速提升和合群美德；亞洲人，則嚮往西方人的獨立品味和自我表達能力。在東方，嚴厲批評別人，常被視為破壞團結；在西方，輕易和別人妥協，常被視為軟弱。

以往，香港是一個西方的殖民地，但是，百分之九十的人口，都是從內地移民到香港的傳統中國人，沒有讀書的，也懂得唱「上大人，孔乙己⋯⋯」，生活中，常罵人的用詞是「你沒有禮義廉恥⋯⋯」；但是，小朋友進了中學後，多接受西方教育，我們要學習的，例如是「liberté, égalité, fraternité（自由、平等、博愛）」。我是幸運的，當時的英華書院，沒有像一般名校，把學生培養為「英式小貴族」，它強調「中西學並重」，中史、西史、中西文學、中樂、西樂，青年們通通照單全收。當 Aristotle 說：「人最得意的時候，最大的不幸便光臨。」我們立刻反應：「哈，常言道：『樂極生悲』。」

甚麼教育是最好的？我的老師説：「香港現在『兩極化』：懂西方的，連中文也寫不好；懂國家情況的，原來英文書也沒有多看幾本。人，如是『半邊人』，怎有能力在思維上，擁有整片『森林、坡地、山丘』呢？香港作為中西文化中心，最需要是精通中外的人才。理想的教育則是：中、小學校年代，先打好中國人傳統美德的根底，學習自己民族的歷史、哲學、文化和道德觀，以它為傲；進了大學，便開放胸懷，接觸外國的一套，有互補和發酵的作用。我們不忘根本之餘，可吸收其他民族的長處，這才孕育出『人中龍』。那些『漢兒盡作胡兒語，卻向城頭罵漢人』的傢伙，卻沒有能力為民族『明天會更好』貢獻的人，最為可悲！」我認為：如東方的 Collectivism（群體主義）及 Utilitarianism（實利主義）未夠理想，便應該研究怎樣綜合西方的 Individualism（個人主義）和 Libertarianism（自權主義）的長處？兩面合體，最有價值，單面吹好，都是乘間伺隙的機會主義，或管窺之説的半吊子！

　　1978 年，鄧小平帶領中國改革開放，當時許多人抱着懷疑的態度。鄧説：中國不來西方那一套，我們走「具中國特色的社會主義」，「走新路、講新話」，改革是民族的「必由之路」；他更説：敢於試驗，不能像小腳女人一樣。看準了的，就大膽地試。

　　四十多年來，大家見證了中國翻天覆地的成就，當內地政府遇到問題，往往有勇氣提刀一切，當然，有對有錯，但是總比「明哲保身」好。後悔早在 80 年代，沒有花數萬元在深圳買一套房子度假；但在八十年代，我們怎也預測不到香港社會今天，多處退步：我成長的 70 年代，大家都是上下一心地改善所有。近年，生命的

闊度，讓我更認清人類歷史：事物興衰循環，絕對「十年河東，十年河西」，好與壞，是沒有硬道理的，但除舊創新，才是硬道理；沒勇氣改革的社會將會「富無三代」，衰退必然蠶食興盛。香港政府和人們，常以過去為準則，對改革「一拜深，二拜淺」；這樣，一年復一年，才陷入今天的泥潭。

我很關心內地的文化和教育發展，發覺他們正默默地，進行很多在外國人眼中是不可思議的「新人類」改造，成績如何，極叫世人期待。香港過往推行西方那套「自由、自主、自發」的寬鬆教育態度，令有些人聽到內地的「從紀律中磨煉品德」的舉措時，大喊空間受損，不過，當見到香港年輕人愈來愈把「自信」變成「內捲」退步，如果香港還是無力進行社會品德改革，再等十年八載後，內地的「新人類教育」成功了，則我們更羞愧難當。

內地對年輕人多樣的品格培養，充滿決心，把他們從某些「妖化」、「俗化」、「弱化」和「物化」的社會氣氛中改變過來。去年，國家颳起對影視、教育、互聯網的監管風暴，中共總書記直指「邪教式」追星、「飯圈（粉絲團）亂象」等等，「決不能放任不管」，他斬釘截鐵地定調：「要建設中國特色社會主義法治體系，必須是扎根中國文化、立足中國國情。」不能把西方一套搬來。

曾經吸毒、犯案、不道德的「劣跡藝人」，內地一概封殺；地方政府又推出指引，凡宣揚「拜金主義」、「享樂主義」、「奢靡之風」、「鋪張浪費」、「娘炮」（即妖男）等負面價值廣告，全都禁止。同時，建立「違規曲目」的卡拉 OK 曲目制度，那些淫穢、暴力及違反社會公德的歌曲，如《放屁》、《不想上學》等，通通不許唱。

針對年輕人沉迷「打機」問題，內地規定，施行網絡遊戲賬號「實名註冊」制度，所有網絡遊戲企業僅可在週五、週六、週日和法定節假日，向未成年人提供 1 小時服務，其他時間均不得以任何形式提供。16 歲以下的，凡購買「遊戲課金」來打機，數目要受到限制。未成年人，禁止在網絡參與「金錢打賞」行為。

　　中小學，一般禁止染頭髮。最近，許多大學，更禁止學生染黑色和棕色以外的七彩顏色。國家隊足球員，嚴禁紋身；已有紋身的，上場時，紮着繃帶遮蓋。廣電總局則大力弘揚「中華優秀文化」，那些不男不女的「小鮮肉」、「娘炮」或「紋身」藝人，及打扮不良，穿鼻和舌環的，通通封殺。

　　教育部表示，正改革學校的體育教育，男生要有「陽剛之氣」。而中小學男女生，皆接受基本「勞動課程」，包括學習清潔與衛生、整理與收納、烹飪與種植、家用器具維修；炒茄蛋、削水果皮……通通要學，國家不要寵壞了的娃娃。此外，實行「雙減」措施，減輕學生做作業和校外培訓（即補習）的壓力；中小學每年考試只許 1-2 次，不得組織單元考、週考、月考等等，而成績評價，只能分 4 至 5 個等級成績，並且不可公開宣佈，更不能把學生的表現排名前後。青少年們，絕不能成為考試奴隸，要全面發展自己，成為身心健康的中國人！此外，「補習」學校被取締，不許存在。

　　國家更加強「質素教育」，重視文化、藝術、音樂、體育課程，並且，大力推動中國傳統文化，讓古人的優良價值觀，走進課本、課堂、校園。報道說，許多年輕人開始學習「琴、棋、書、畫」四藝，有些還學習珠算。最近，國家暫停審批新的「民辦教育學校」，

包括國際學校，而現在的 international school，要相繼改名為「外籍人員子女學校」；此外，亦會矯正過分以「英語為先」的不良學習風氣。

公安部帶領，着手整治煙商向未成年人銷售電子煙，例如校園附近，不得置放電子煙自動售賣機，以維護青少年的健康。

近年，電子書大行其道，實體書店倒閉數目增加兩倍，有人大代表建議：所有新書先在實體書店出售，半年後，才轉為電子書，因為書店的存在，加強了文化社會的氛圍。

「劇本殺」是目前風靡內地年輕人的玩樂活動，他們根據劇本，扮演不同角色嬉戲，但是凡內容充滿暴力、靈異等，或道具包括邪怪東西如屍體和兇器等；國家規定：除法定假日，未成年人一概禁玩「劇本殺」。

當年，我們也曾年輕過，反叛心理主導一切，盲目地「自我」，但是，回頭一看，許多事情的判斷力不足，但當長輩指點時，又感到煩厭；可是，多次逃過大難，皆因願意聽人意見。最近閱報，中學生運送毒品，下半生，就在監獄度過。

中國，從百多年前的晚清積弱不振，一直被西方世界視為「病夫」，但是，短短數十年的「中國特色」改革，我們躋身強國之列，「老大」美國自然惶恐不安，加以阻撓。中國目前「硬件」建設的成功，毋庸置疑，不過，國民的道德、文化和品味，仍有改善的空間；國家近年大馬金刀地推動教育及社會風氣的改革，當國民擁有更良好的修養，青年們具備全方位良好的品格，我們必定傲視群倫！

2022 年，最高人民法院的「楊某」案件，這樣判決：如果父

母不願意向成年子女提供物質幫助，子女不得強行「啃老」（例如拒絕搬離父母的居所）。不思進取子女的「躺平」，在中國，已成為一種對父母侵權的行為，在香港呢？

中國郵政，全國有數以萬計的營業點，他們一步步，在這些點建立「Post Coffee」，並以「喝一杯咖啡，寫一封信給愛的人」作口號，改善年輕人的文化生活環境。

國家的兩個未來大方向，「人民共同富裕」（common prosperity），即富裕起來的人，有責任幫助落後地區的人民；和「國民教育及文化改善」，將會按部就班，推開高山，為國家和民族，帶來新層次。

在充滿方向感的地方，人民再辛勤努力，也非常值得。香港已出現新一屆的特首，希望這個領袖會明白「改革是硬道理」的責任；因為香港人對「遊花園」的現況，已非常失望。歷史上的成功改革，從來沒有怕惹麻煩這回事，找點綠楊分為「兩家春」，找個鐘擺在左搖右動，這個老方法，事到如今田地，怎可用？

用中國人的方法，走中國人的道路，無比決心。

12 類人拒打防疫針的現象

　　一個人的智慧，做不了大事，眾人的常識加起來，成就好事。

　　嗄，千秋多難，香港問題香港老，意難平。

　　香港面對傷亡枕藉的瘟疫，上百萬人仍沒有打足防疫 3 針，十萬計的人從未接種，還叫父母子女別打針。唉，非洲卻有 80% 的人仍等候疫苗救助。更聽到風涼話，認為 Omicron 是小事，不打針也沒有大不了；假如你或你的家人死於瘟疫，看你如何想？憋悶。

　　「一樣米養百樣人」是廣東俗語，意思是世上甚麼的人都有。近十年來，自由放任成為香港的主旋律，大家強調個人喜好，忽略其他人；更要命的，用煽動言論去危害別人。

　　在香港，講英語和普通話的人口日益增加，傳統的廣東話，常被遺忘。這篇文章，故意使用消失中的香港俗語，作為存心之儲；這文風，以往叫「三及第」。

　　COVID-19 最新的變種叫 Omicron，仍衝擊香港，許多人沒有健康理由，卻拒絕接種保護疫苗，故此，我城大量死傷，慘不忍睹；可是，有些人「撩事鬥非當飲茶」，在網上鼓吹 Omicron 確診者上街播毒，真是「害人害物」。另外，有「祝願」全港七百多萬人都確診，大家皆「病毒宿主」，真「壽星公吊頸」，嫌命長；這些毒舌，叫「攬住一齊死」；大家知否要達到「群體免疫」，還要有更多人走掉？

從今次疫情，看到兩種心態，自私和固執：「老子鍾意呀，我話知你！」人間許多悲劇，由此「鬼上身」，害人又害己！

到了今天，數百萬人中招，死亡人數將近萬，仍然有人拒絕、或叫他人也拒絕接種保護疫苗，他們不是「死牛一便頸」，便是「腦袋入水」！

以下是我聽到的辯解理由：

❶「打甚麼針？打了也會染病，有用嗎？」你染疫，不是傷害自己那般簡單，你變成播毒者，會傳染家人、老人及小童，「累街坊」呀！

❷有些扮「呂洞賓」，其實「黑心」，他們說：「雖然疫情使老人家死亡，但物競天擇，可淘汰低端人口，減輕社會醫療和福利的負擔，不是一件壞事。」試想想：如果他們是老人家，會這樣涼薄嗎？引用名伶白雪仙的名句，真是「塞肺眼」，這些人應被送去醫院，試試「賣鹹鴨蛋」的痛苦！

❸「死，是每個人的自由選擇；『該死唔使病』，『我死我事』，管我？」唉，「鬼唔望」有一天，此人失意，迷惘地坐在海邊想死，別人也「貓哭老鼠假慈悲」，對着他說出同一番好說話？

❹「我太忙了，『得閒死，唔得閒病』，抽不出時間打針！」真的嗎？廣東話，叫這堆人做「闊佬懶理」，「買棺材唔知埞」；但是，當真的死到臨頭，你這樣的態度，別人「睬你都有味」，覺得「爛泥扶唔上壁」！

❺有些「包拗頸」，說：「我天天躲在家，『無事嘅』！」你知道我的朋友中，多少是給家中的外傭、大廈管理員、送貨員等所傳染；在家一樣染疫，你這樣自己騙自己，隨時「三長兩短」，

真「慴上心口」。

❻「我不信任這個政府，凡它說對的，我看作錯！」這類人「食慴咗」，拿自己的性命、健康跟政府作對；部份人叫別人不打針，自己卻偷偷去了注射，「衰格」！

❼「疫苗有毒，兒子告訴我，打了會『拉柴』！」你的兒子會不會想「搵老襯」，「睺住」你副身家，謀財害命？有句俗語非常貼切：「出街，都會俾車撞死啦！」年紀大，當然怕死，但是，打了疫苗後，免死的機會，大大超於沒有接種，請不要「死雞撐飯蓋」，既怕死，又不打針，自相矛盾，「船頭驚鬼，船尾驚賊」！

❽「我年紀大，怕有副作用！」阿公、阿婆！如「做足保護」，不幸地因副作用死了，起碼無悔，那是天意。但是，自己沒有好好盡力保護自己，結果「冚旗」，「番薯跌落風爐──該煨」！

❾「如香港變了『與病毒共存』，內地的大媽旅客不敢來港，樂得安靜！」這些人「燒壞腦」，許多香港人要往內地家庭團聚、處理事情、做生意……如內地人來不了，港人也不容易進入內地，變成「烏蠅摟馬尾──一拍兩散」！另外，每年數千萬的內地訪客，為香港帶來龐大的經濟收益！

❿「我是『佛系』，生有時，死有時，一切順其自然，『死就一世，唔死就大半世囉』！」朋友，我不關心你的生死，只是希望你能抽出丁點時間去打針，保護身邊的人、街上的人，讓他們不會死；「佛」，應有佛心，不該「佛口蛇心」。

⓫「我恐懼打針，那感覺嚇到我『甩頭甩頸』！」這些無聊恐懼，請你克服：小時候，未經你的同意，父母已為你打了許多免疫針，將來你老了，更不得不面對「打針」的經驗，這樣幼稚

地看待正常的身體治療，絕對是「生骨大頭菜」，「生人唔生膽」！

⓬ 「我身體好，平常的感冒都犯不了我，我『老虎都打死幾隻』，沒事的！」你的自大，肯定是「飽死荷蘭豆」或「紙紮下爬」，是否「唔見棺材唔流眼淚」？呢隻 Omicron，可以 airborne，隨風飄送，吸了一口氣已會中招，你「咁唔信邪」，不如走去那 755 間染疫的老人院舍做吓義工？這般自以為是的想法，委實「老公荷包──夫錢」（膚淺）！

Omicron 病毒，是香港歷史上死亡人數最高的瘟疫：1894 年的鼠疫，導致二至三千人喪生；1937 年的霍亂，死了 1,000 人；1938 年的肺癆，死了 5,000 人；1938 年的天花，死了 2,000 人；

2003 年沙士殺了約三百人；至今，COVID-19 害死約 9,000 人！這「世紀病毒」的可怕是戴上了口罩，仍可迅雷不及掩耳地被感染，而且，當一個人「中招」，其他家庭成員，多跟着「轆嘢」，看到小朋友「面青口唇白」，心如刀割；再者，Omicron 的傳播者，許多更是「無症狀感染者」，害死了別人，自己也不知道滿手鮮血。

請還未打針的人，請放下屠刀，立地成佛，為了親人、朋友、其他市民的性命，快快打抗疫針。別的地方能夠安然度過 Omicron，是大家齊心打了足夠的針量，建立社區「保護罩」抵禦病毒。請不要再讓歪念、自大、無知影響了你的理智。良心不能「低溫」，快快去接種疫苗，不要變成「神台貓屎」：神憎鬼厭！

我知道這篇文章「出街」後，會開罪某些朋友，因此和我絕交；但是，因為要盡公民的責任，只好「拎起杯冰水兜頭淋」，香港依然有一批抵抗力弱的老人家及小朋友，請醒覺，別害他們！

COVID-19 又會變種，第六波的瘟疫可能接踵而至！來，一起追逼那些還未打針的 12 類人！

COVID 後，感觸再上飛機

倒運時，跌落地，會壓着狗屎。

天有不測之風雲。人，禍福無常；喔，天不敵「勢」，勢不敵「運」！如名曲《Turn! Turn! Turn!》，轉轉轉，這道理，明白已久。

香港是一個開放城市，汪洋中的小船，外面有甚麼政治、經濟、病毒的風浪，很快，洶湧過來，小船晃擺，生存之道只能左傾右倒，搖呀搖，風浪退後，又「死過翻生」；哎，香港人像艇戶，都是「嚇大」的……

想想：從 50 年代以來，棘手的難民潮（包括困擾了香港達 25 年的「越南船民」問題）持續到 80 年代。香港歷史上，1956 年、1967 年、2019 年都有大暴亂，傷亡多人，想起都心碎（友人的丈夫在 2019 年動亂中，因和人爭拗，在中環被推跌死的；另一個世侄女，由於搞抗爭，情緒不穩，自尋短見）。世界的政治角力，很快像一把飛刀，「片」到這邊桌，香港新聞熱鬧，但大家心情卻低落。我家外婆説得好：「壞消息？唔知好過知！」

還記得香港無數的經濟危機嗎？50 年代，西方列強因為中國支援北韓打仗，對它實施禁運，香港的進口貿易立刻停頓，眾多市民失去生計。70 年代，我們受中東戰爭影響，曾經痛過兩次「石油危機」，石油每桶價格從幾美元上升至十多元。那時候，到了晚上 8 時，全港大範圍停止供電，旺角變成漆黑空城。我問爸爸

發生甚麼事，他搖頭：「世界末日！」但地球沒有停頓。

對，我還記得的 5 次金融風暴：1973 年股災（石油危機及外商「置地」敵意收購華商的「牛奶公司」所引爆）、1981 年股災（中英就香港 1997 年的談判陷入僵局，全城恐慌，人們跑去超市搶米）、1987 年股市大崩潰（叫「Black Monday」，當時紐約股市因工業指數暴跌，全球金融市場恐慌）；那個年代，香港股票仍是「紙張」交易，一個法律客戶找我哭訴：「『大鑊』！上環的股票經紀『走佬』，我放在他那裏數十萬元的股票失蹤了！」

近年的，大家可憶起 1997 年的「亞洲金融海嘯」？東南亞的股票市場急瀉，香港的房地產價格價錢跌了三分之二。我律師行的一個律師，竟然「炒」了十多間房子，於是全部「爆煲」破產，還欠了我巨款，逃之夭夭。此外，2008 年，美國未能解決「次按」風暴，全球經濟雪崩；香港人人愁眉苦臉，那時候，中環的銀行區，每天都有苦主在街上抗議，大叫銀行賠償投資損失：「還我雷曼債券！」每次，這些龍捲風來臨，失業的失業、破產的破產……

今次，玩弄香港的是 COVID 病毒。為了它，我從 2020 年到 2022 年，都沒有離開過香港，所有外出的活動，全部停頓。以往，也許「飽死荷蘭豆」，我常坐飛機，一個月在天空兩次；現在，適應下來了，心比鏡淨，想起人在天空，奇怪地害怕起來。

說起可怕的病毒歷史：1967 年，麻疹在香港肆虐，死了很多人；媽媽歇斯底里，常常叫：「這個不能碰！那個不能摸！」1970 年，肺癆「打橫行」，香港死了一千多人，現在許多人照 X-ray 時，發現肺部有小白點，可能是當年的後遺症。2003 年，「沙士」呼吸症襲擊香港，大家初嘗口罩苦味，離世的約 300 人！

今天，身邊的人，許多愁眉苦臉，欠債啦、生意倒閉、失業、家庭吵鬧等等，誰不想往外面舒舒氣？在這悲愴時刻，真的少點定力，都會失眠；就算我們這些陪伴香港數十年「跌宕起伏」的老手，亦難免手心出汗，歐洲戰爭會結束嗎？佛家說：「光在，心自在。」論語說：「生死有命，富貴在天。」聖經說：「要把一切交託給耶和華，信靠祂。」柴灣的三叔說：「天跌落嚟當被冚！」我則笑：「別有幽愁暗恨生」，只要一息尚存、有飯到肚，已經是人上人；身邊的壞人，也許比這些 black swan 或 gray rhino 更加可怕！

數月來，香港的親朋戚友開始群出旅遊，他們回來，身體都沒有「中招」，而且，世界各地逐步開關，把 Omicron 看作感冒。

我的醫生好友說：「只要做好5件事，可以安心去別的國家：天天用N95口罩、帶備退燒藥及連花清瘟丸、口袋裏有酒精和消毒濕紙巾、早上做『快速測試』、吃飯時，挑餐廳的戶外座位。」

上星期，終於鼓起勇氣，決定飛曼谷一轉。因為怕飛行時間太長，容易被感染，原本想往台北，但是，台灣沒有全面開放給香港人，去日本或韓國的航程有點遠，2小時的曼谷最為理想。

天呀，3年沒有坐飛機，一切變得「雞手鴨腳」，無論上網訂機票、選擇酒店、預訂餐廳等等，以往是「一擊即中」，現在看到電腦版面，竟然猶豫不決，信心跑往哪兒去？3年時光把許多記憶沖淡。日子，叫我們忘記曾經牽掛的愛，也忘記這些生活的「技能」。

往曼谷？有甚麼大不了，過往都去過數十次，但是，今次的心情被無形的黑影蓋住，出發前的一兩天，腦子一瞬間擔心這、憂慮那，醫學叫它「潛意識恐懼」。

好，終於等到出發的那一天，媽媽咪呀！中環機鐵站的check-in櫃位關了，要到機場才可以辦理登機手續；機鐵的票價是多少，又忘記了。去到機場，過關程序，竟成陌生，過了行李檢查，還要呈上身份證？怎麼航機併為「聯合班次」？店舖十室九空，似無心戀戰，又似深宵打烊；大多洗手間關閉，只許職員使用，一切一切，吊着鹽水的「半條人命」！這是熟悉的香港嗎？我這「地膽」，也茫然變了「大鄉里出城」！？

香港人，大家都不知道疫情哪天完全結束？我只知道香港人，要一步一腳印，接受生命不會停的難關，咬碎銀牙含血吞，自己的不幸，視作別人的故事，要學習生存……唉，懶得唏噓吧，天

天有新的燙手山芋，鳥南飛，鳥南返。

　　三年的疫情，讓我重新認識自己：我曾經以為自己不懂燒飯、以為每個月總要坐飛機、以為某些人要往來、以為自己靜不下來、以為死亡很遙遠……最大的得着，是領悟新的生活哲學，凡事，「樂觀地悲觀，悲觀地樂觀」！

　　到了曼谷，感覺如災難電影最後的一幕，各地還健在的人，生活開始復常，走在一起，但熟悉的大道 Sukhumvit 變成陌生，幹嘛少了這家店？幹嘛多了那座大廈？幹嘛街上戴着口罩看不到笑容的面孔，不再像是泰國人？

　　香港似是蜜蜂窩，七百萬隻小蜜蜂擠在一起，有甚麼風吹草動，大家便嗡、嗡、嗡，太強的危機感，但也擁有太強的生命力。來吧，熟悉的過去，就由它一年比一年陌生，我們深呼吸，面對老天爺帶來的大時代，好好演活這過客身份；然後，能夠保留過去的，便盡量保留，作為一份念舊情懷。是故，我的文字，刻意用港式俚語。

　　不捨，終歸要斷，斷了後，又總像藕絲，沒有脫離。我的胡思亂想，何故這三年，多在白天；而且，還在窗外有陽光的時候，這「斷捨不離」的掙扎，把一首歌《Windmill of Your Mind》送進了腦海：the world is like an apple，whirling silently in space，like the circles that you find，in the windmills of your mind ！

　　生命的安排，上天有數，該留便留，該去便去，兩者以外，往往是噪音。

　　忙將新愁蓋舊愁。

網上情緣「殺豬盤」的四大特徵

有一種寂寞，叫輾轉難眠。唐伯虎寫過「忘了青春，誤了青春，賞心樂事共誰論？」，舊歡，如夢；近愛，難尋。中年女人，被稱「cougar」或「阿姨」，何其殘忍。

香港警方發表數字：以「網上情緣騙案」（romance scams）來算：2019 年有 594 宗，損失超過 2 億元，每位被害人平均損失 37 萬。但是，在 2020 年，情騙增至 905 宗，上升 52%；2021 年攀升到 1,659 宗，損失金額近 6 億。有些和男方玩 live camsex 或送出裸照，更慘被勒索。

當女人在網上遇到好男人，喲，中外「潘安」，Zoom 的時候，愉快極了：相逢，方一笑；相愛，還成泣，「投我以木瓜，報之以瓊琚」，突然，遇人不淑，來不及「dis」他，已被「剝光豬」。

我們律師走在一起，談論到這些 fake love 案件，嚷問：「女人這樣好騙？」甲說：「男人外出拈花惹草，像賭仔帶着有限注碼入葡京，輸光，轉身便走。」乙說：「地獄無門的女人喜歡騙男人，天堂有路的女人喜歡被男人騙！」丙說：「性，是男人的刺激；愛，是女人的快感。前者，上床是一個終點；後者，上床反而是一個起點。」丁說：「有骨氣的壞男人只幹大買賣，是何種敗類用自己的『色相』，設局傷害弱女？」愛情，是否「手快有，手慢無」，一失足成千古恨呀。

律師們替受害客戶報警，警方說：「如果沒有『不誠實』的證

據，沒有使用假身份、假資料、假故事，苦主在『你情我願』下，向陌生人或愛人提供金錢援助，不算詐騙；如要追討，不屬『刑事』，我們很難受理，請你花錢找律師去『民事法院』，一步步追回借款吧！」

心理學家說：「人有懷疑時，常傾向『拒絕懷疑』，留在心態上的 comfort zone，一是因為懶，怕『反枱』後果；二是因為愛情甜蜜，難捨難離，這狀態叫『損失規避』（Loss Aversion），有時更是『認知失調』（Cognitive Dissonance）。」

文學中，形容「殺豬盤」（愛情騙局）的名句太多，如「束風惡，歡情薄，一懷愁緒，幾年離索，錯、錯、錯」；又說「昨日溫柔化白骨，方才蜜語變寒冰」。英詩如「My faith, my love, my passion, you did not face me. You left me with nothing. My life shattered」；或「I love you but I don't know why I love. The only thing that I don't love is that you love me not」。真可歌可泣！

有多個原因香港女人容易「中招」。首先，單身女人很多：過去 30 年，未婚單身女性比率大幅上升近 50%；男性只是上升 12.4%。2020 年，15 歲及以上從未結婚女性在 740 萬人口中，約佔 100 萬，數字已撇除外籍女傭，女性沒機會說「恨不相逢未嫁時」！因為每 1,000 女性，只有約 800 男性去「婚配」，而且，很多男人跑去內地結婚。女人，平均要等到約 30 歲，才初次出嫁。但是，每年又有接近 3 萬的離婚太太，加入「尋愛」大軍。

在香港，1991 年，才有約 6,000 宗離婚，但是，現已接近 3 萬宗，離婚倍增外，離婚率達 48%，以後恭賀新人「白頭到老」，頗為尷尬，你看看，每年離婚案還增加 4-5% 呢！

我市的女性，知識水平一天比一天高，找門當戶對的男朋友，很是困難。在 2011 年，只有 56 萬女性擁有大學學位，自 2018 年，人數開始超越男性，到了 2021 年，急升至 82 萬，比起男性多出 2 萬。

　　麥肯錫（McKinsey & Company）調查指出全球企業 C-Suite 中，即「高層」女性僅佔 24%，但是，滙豐銀行公佈香港的女性主管，已高至 37.7%。香港女性，威猛自強，她們不欠家裏一分錢、人類一個小孩子……只欠了自己一段幸福。

　　在勞動行業中，女性的收入比男性低，但是，到了高薪的公共行政、教育、醫療等行業，在 50,000 元這收入水平，經濟獨立的女性比男性人數多了幾乎三分之一。中文大學招收醫科生的男女比例約 45：55。報載，城大某學系的一個女學生說：「身邊 70 位同學，只有 3 名男生，很難結交男朋友！」

　　有人訓斥：「過去的愛情故事，男騙情，女騙財；現在，『廢男』不以騙女人錢為恥，這是兩性平等的現象。」專家說過，騙女人錢的男人，有四種特徵，容易「基因」突變，啟動惡毒的「反式脂肪」；第一，樣子討好，如猛男型、事業型、暖男型或小鮮肉型；第二，甜言蜜語，懂得製造浪漫時光，哄你開心；第三，關於個人的身份、工作、日常行程，他總會吞吞吐吐，用意是不讓你查出真相；第四，摸清你的底後，便會提及自己身世可憐、或生意成功，只是資金周轉不靈、或家人進了醫院，急需手術費、或介紹極好的投資機會，大家賺錢後，會買房子雙宿雙棲。「恩愛」兩個字，最終現形「誘害」！

　　愛又難，不愛又難；沒錢難，有錢更難。美麗的，易惹「騙

財騙色」的狂蜂浪蝶；被侮辱為「豬扒」類的，則容易誤作「水魚」。

《馬太福音》有一段禱文：「我們在天上的父，免我們的債，如同我們免了別人的債」；也許，愛情是孽債，男騙子是冤親債主、孤魂野鬼來討還！

香港基督教女青會調查，76% 受訪女性，身心健康低於標準；如 100 分為美滿，本城女性的心理健康平均分只有 36 分，不及格率達 89%！我想：不快樂的女人，最容易受騙。家父很 cynical，他曾說：「女人，想甚麼愛情？『三從四德』不好嗎？未嫁『從父』，做個孝女；出嫁『從夫』，做個賢妻；『夫死從子』，做個良母！」小時候，香港婦女多是「揸住呢個宗旨做人」，今天，你這麼說，會給港女群起碎屍萬段！嗯，自由戀愛，有得，便有失。

愛情陷阱眾多，更是因為網路社交平台的氾濫：美女，你所面對不僅是香港的壞男人，而是全球「渣男」呀，特別是懂英文的婦女，中招機會更大。騙子在 social media 找到妳作為目標，立刻以愛敲打芳心，然後，以不同藉口，問妳借錢或「簽卡」。最悲痛的受害人，原來是從未和 koibito 見過面，只是「神交」，沒拖過手仔、沒嘗試過禮物的甜頭，卻輸了「嫁妝」！

最近，我又收到三宗朋友代女性親友在受騙後的求助個案。我突發奇想：「世界各大城市都有女性組成的 Lonely Girls Club（寂寞芳心俱樂部），請姊妹們發起組織，讓這些 like-minded people，走在一起，互勵又互勉，集體戒備？」朋友潑冷水：「拍拖事情，『有人性，無理性』，誰人勾搭了男『兵』，便會放棄骨肉情。」

眾人歡天喜地的時候，孤單最感寂寞；瘟疫仍在欺負香港，

想坐短程火車去惠州泡溫泉，也寸步難離；看着街上高大俊男的胸肌在流汗，口水倒吞，眼淚若斷了線的黑珍珠，正染污 Laura Mercier 的粉霜……

李宗盛不知「擺景」還是「贈興」，自彈自唱：「一天又過一天，三十歲就快來，往後的日子，怎麼對自己交代，寂寞難耐，哼，寂寞難耐……」而 Netflix 正播映《The Tinder Swindler》（《Tinder 詐騙王》），真人真事，以色列騙子有本事同時在不同國家「媾女」，騙財來享受奢華生活。被騙，一對一，還有點矜貴；現在，渣男竟可一拖數名兔大頭，一口氣、一炷香，通通沒了，情何以堪，怎對江東父老？

「負心的人」，請「不要拋棄我」，不然，「誰來愛我」？

移民：花有重開日，人無再少年

　　清宵，易惆悵，不必，有離情。

　　書房，種了一盆海棠花，花開、花落。生命的高低起伏，認真「估佢唔到」；凡事要靜觀其變，不要因一時看法，便想到離開。報載：近年，每年有十萬人移離本市。香港，曾有三次移民潮。

　　銀行家王冬勝説過：「問題，有時候『乜都炒埋一碟』，遇到問題，不要過快反應，所有問題複雜，『藤掾瓜、瓜掾藤』，要看通問題的交錯。」切記：到處楊梅一樣花。

　　經典歌曲《家變》的一句：「變幻才是永恆！」成為香港人的座右銘；一年一小變，五年一大變，每日的新聞，「唔聲唔聲，嚇你一驚」，驚嚇過後，生活照常；未來在哪處生活，請堅守：做個好人！

　　「移民」這個名詞，愈來愈不適合現代人，「移居」比較準確；身邊許多朋友，只是移居內地上海和北京、有些則香港和外國「兩頭住家」、有些去了別國，仍然堅持使用香港特區護照。看來，真相其實只是 moving to another city，正如李家超特首所説：「不必概括他們不幸福。」地球村的出現，還遠嗎？

　　移民「呢家嘢」，有人辭官歸故里，有人漏夜趕科場，沒有對錯，只反映個人的價值觀；四大洲和五大洋太接近，人類已是 global citizenship，拿個平板電腦，穿梭地球無難度，再加上「work from home」，有時候，身處何方，我們都搞不清。

我的一輩子，曾經歷過那 3 次移民潮。

1967 年，香港動盪，到處都有「土製炸彈」，大批人離開這城市，要感受那氣氛，可看看楊凡導演的優秀電影《繼園台七號》，講一個女人告別北角小男友的故事。當年，移民美國，以為「明天會更好」。小時候，對面大廈的楊太太全家遠走三藩市，把兩箱的玩具送給我們；媽媽和她依依不捨：「美國是『金山』，『美金』好用！」楊太太笑說：「投靠開餐館的三家姐，老公做『企堂』，我學『洗大餅』！」當時，有人急於賣房子；留下的，有成功、有失敗，這就是人生。

八十年代初，國家宣佈要從英國人收回香港的管治權；香港面臨巨變，移民潮湧現。1983 年，港元大跌，9.6 港元才兌到 1 美元。當年，以「家人團聚」為理由移民去美國已不易，但加拿大及澳洲經濟起飛，急需大量資金和人才，香港頗多中產階層和商人，移去這兩地尋找 brave new world，他們的下一代，今天「洋聲洋氣」。我是急性子，喜愛香港的方便，再者，加拿大天氣太冷、澳洲太清靜、英國天空太灰暗，受不了。那些年，移民走了的大量同學和親友，唉，已「相見時難別亦難」。年輕時候，我為外國人打工，他們有些叫華人做「chopsticks」，上司還嘲笑粵劇是「貓叫」。不過，我深信勤勞的中國人，終會有一日「飛龍在天」；在 1987 年，每個週末，我乘船去澳門唸中國法律，當時的香港，還沒有中國法律課程，時間證明我對了。

律師先輩張永賢曾妙語：「還是那『半杯水』理論：有人因為只有『半杯水』要離開，有人因為還有『半杯水』而留下。西方的發展已到頂峰，還不如留在香港，看看改革後的中國如何注入

新鮮水！」

怎也料不到，今天，2019 年的動盪，又掀起另一波「移民潮」？身邊走的人，都是年輕的 30、40 歲，和八十年代不一樣，這批離開的，未必有甚麼「身家」或有一技之長，去英國和台灣的居多，因為容易！

問他們為甚麼要走，有人說：「對管治灰心。」另一些說：「沒錢，在香港便生活得沒有質素！」朋友說：「為了子女有更好的教育！」舊同事說：「我從加拿大『回流』的，現在回老家，亦很合理！」客戶說：「外國護照是『行船爭解纜』，算作旅行證件又好、是『保單』也好！」晚輩說：「香港房屋狹小，像蜜蜂窩，壓力大，外國生活簡單，人會快樂一些！」

移居，是現代人的權利；喜歡往世界跑，是人的本性，但是，旅遊和居留是兩碼子事，務必小心：不可以用「移民的自由」，換來「生命的不自由」！不過，最傷感是閱報，有一個團體做了調查：許多年輕人覺得在香港，如出身基層家庭，將不會有前途。

從 1939 年的世界大戰至今，香港一直沒有停過「移民中轉站」這角色，四方八面 people in，東南西北 people out，如作家沈從文在名著《邊城》寫過：「凡事都有偶然的湊巧，結果卻又如宿命的必然。」他這一句，最叫我感觸：「這個人也許永遠不會回來了，也許明天回來。」

香港，向來不搞「排斥主義」，對內地的，對移民回流的，都是「門常開」，包容是香港人的美德。近百年，民族很不幸，過去是外國人蔑視我們落後；今天，是他們嫉妒中國的進步，故此，香港不宜內鬨，而朋友們離去，何用傷感。朋友說：「安頓了妻兒，

便立刻回香港拼搏！」不是壞事呀，不過，小心夫妻聚少離多！

　　常常聽到爭論：這批不在香港長期居留而又擁有「香港永久居民身份證」或「中國（香港）護照」的人，應否繼續享有社會福利？2019 年之後，香港的社會氣氛仍然分化，「青中」一批批的走，我們要讓他們知道香港仍存原宥和包容，回頭路是香港……全世界的城市都在挽留人才，香港為甚麼輕易放棄培養出來的青年？「花有重開日，人無再少年」，總會有一天，他們會明白自己的追求？

　　國家領導人習近平來港，參加「香港回歸二十五週年」慶典，發表講話，為香港將來的數十年「一錘定音」，那便是「四個必須」加上「四點希望」。按照內地的政治常規，這八點將會是香港未

來的命理圖，你作出個人留或離的決定前，必須先了解這形勢。

「一國兩制」的政治有「四個必須」。第一，必須全面準確貫徹「一國兩制」方針，香港可保持原有的資本主義制度及享有高度自治權，但香港居民同時亦要尊重國家的根本制度；第二，必須堅持中央「全面管治權」和保障特區「高度自治權」互相統一，而前者是後者的源頭；第三，必須落實「愛國者治港」，絕不允許賣國、叛國的勢力掌握政權；第四，必須保持香港的「獨特地位和優勢」，中央將繼續全力鞏固香港的國際金融、航運、貿易中心地位，維護自由開放的營商環境和保持「普通法」制。

習主席同時對特區政府提出了四點關於社會的希望：第一，著力「提高治理水平」，要加強政府管理，改進政府作風，樹立敢於擔當新氣象；第二，主動對接「粵港澳大灣區建設」和「一帶一路」等國家戰略；第三，切實地「排解民生憂難」，包括令市民「房子住得更寬敞」；第四，共同「維護和諧穩定」，香港不能亂，也亂不起，要特別關心關愛青年人，因為「青年興，則香港興」。這些，都會改善社會狀況。

一個「社會主義」國家竟然擁有「資本主義」的特別行政地區，太奇特了，如不是歷史的命運，根本不可能有這般進程！亦因為這「一國兩制」，香港變成一條運河，把國家的後盾連接世界，所以，領導也深明如香港走「內地化」，對中國沒有多大意義，因此，在未來日子，只要香港居民不觸及國家主權、治權、領土完整等的「紅線」，本城生活的空間仍然是自由和廣大的。學者田飛龍用「一國重心」來形容「一國兩制」的轉向，有人用「國民責任」來刻畫此刻政治上的規矩。如有朋友未能接受政治現況，

自然考慮離開。

第二個未來的新狀況，是經濟上「融合大灣區」，以後，香港不能單腳獨行，是大灣區的一分子。朋友說：「我不想接受大灣區概念！」我說：「如你生活在一個國家，卻不接受它的經濟策略，那麼，不如另謀出路。」

「大灣區」是國家的未來重要策略，它包括 11 個城市、8,000 萬人口、兩種不同的政治和經濟制度、3 種貨幣、3 個獨立關稅區和中文、英文、葡文的三者使用；本身又是擁有歷史和人才實力的腹地，是國家發展「內外循環」和「一帶一路」的引擎；通過這 super sandbox 的試驗，香港應該有發展。

當然，往後的日子，香港再沒有以前作為內地「checkpoint」的繁華、坐享「入又刮，出又刮」的地利。如果有些人仍然靠舊經濟來「食老本」的，只能夠「搵餐晏仔」；政府立心要香港成為「科技、文化」之城，不再單一地依靠金融；所以，我深信香港仍會是「大灣區經濟盆地」的一顆珍珠，年輕人，只要「有料」，真的不用太悲觀。

任何青年，如打算留港發展，但只是選擇平淡生活的話，則會錯失香港的特別優勢，不過，有一個年輕律師告訴我：「經濟財富，不代表一切！我只想活得平靜！」

香港延續「自由資本主義」本位的同時，政府必須糾正一個嚴重的社會問題，那便是周永新教授所說的「香港的極端資本主義，沒有幫助低收入基階，獲得公平的分配」，其實，香港的中產階層又何嘗得到合理上游機會？他們正天天「M」字下墜。基本法委員會前副主任梁愛詩曾說過：「香港要先解決迫切的民生問題，

讓市民生活有幸福感。」我非常同意「幸福感」這句話。習近平主席在中共二十大也強調「香港在發展的同時，要解決一些深層次的矛盾」。

第三點「天要下雨」的未來變化，便是香港人口老齡化，每年，約六萬人離世，但只有三萬多人出生。到了約 2040 年，3 個香港人中有 1 個會是 65 歲以上的長者，勞動人口更大幅減少，而且，頗多老年人是社會的基層，加重社會福利的開支，他們更和香港未來的「知識型經濟」，格格不入；更可怕的是香港的生育率僅 0.87%，一對夫婦也生不了一個小孩子，聽説大學找學生，也遇到困難。有人移民，有人去了大灣區，有人退休，年輕人，你們的「上位」機會在未來絕對多了，不是嗎？現在多個行業已爭人！

但在這情況下，如香港不靠「高地價」收入，亦沒有其他新稅種（如消費稅）來提高稅收，政府難以應付龐大的基建、房屋、福利、醫療等開支。2006 年，時任財政司的唐英年嘗試開徵銷售稅，可惜最終面對巨大反對而觸礁。

要保持香港經濟的高活力，而又不調整稅務制度，最終，必然要和大灣區「人才交流」，或向全世界人才招手，讓更多人才來港工作，保持香港的經濟增長。過去，1997 至 2021 年，單程證移入香港的人口有 112 萬，還未計算投資、「專才」和大學畢業後，留港的內地移民，所以，政府放鬆專才的移民計劃，補充精英人口的數目。我在金融和保險工作上，接觸不少外面的精英，他們的勤力，「唔係人咁品」。如在未來，部份香港年輕人不想面對競爭，依舊是自我的「小娃娃」，希望「欲速必達」，在「貨比貨」之下，會被別人「揮低」；如是這樣，換個外國地方平淡

地生活，亦無不可，因為在某些國家只要有一份工作，很容易享有三房二廳和一輛汽車的合理水平。

巨星張學友說過：「能夠讓數以億計的貧窮人口，脫貧而步入小康的中國，是本世紀最大的奇蹟，身為中國人深感驕傲。」

晚來風勢，我們的年紀，難看到數十年後的梅花；但是，年輕的你，如果不是真心喜歡或能夠適應外國的生活，又沒有想清楚正反兩面，就隨便放棄老地方，「人走你又走」，結果，錯判未來人生，當你回首香港這個家，已是百年身……

香港社會近年的 11 種「顏色」標籤

誰不會內心看不起某人？但是，「心魔」不應掛在行為，這便是修養，大家有氣度，社會才能和諧。

最近，麥美娟局長呼籲社會不要標籤過去參與反修例運動的青年。我淨，才常樂；大家讓那段日子淡退吧；多些擺渡人，凡落水的，便可游離那灘濁水。心理學來說，「標籤」是一種 cognitive bias（認知偏差）。

80 年代以前的香港，已西瓜大細邊：「親英的」和「親中的」，心存芥蒂。親英的，說流利英語，或不懂普通話；親中的，許多只懂中文。那年代，懂不懂英文，是一個上下階層的指標；父母常說：「阿仔阿女，學好英文吧，別做『二等』公民！」很不幸，這心態，遺害至今，有些家長仍以子女只懂英文為榮。

父親說：「唉，非我族類，當然排斥，有潮州口音的移民，被廣府人歧視，取笑我們是『打冷』，但是，我們又歧視蘇浙移民，叫他們『撈鬆』！」當然，印度人、巴基斯坦人（那時候，香港人都搞不清印度和巴基斯坦是兩個國家）和「嗯喀」（即尼泊爾人），簡直不入「被歧視」的資格！大家又以為菲律賓人只在夜總會打 band 的少數民族。日本女人，叫「喋婆」、泰國女人叫「泰妹」、馬來西亞女人叫「馬拉」，奇怪，韓國人反而沒有「花名」？

香港社會比較和諧的年代，倒是董建華當特首那七年（1997 至 2005），當時，社會各方聲音，只一面倒批評政府，董生變成

「可憐的家嫂」。調查顯示，香港人無論左右上下，都認同內地，而香港人自己之間的「內鬥」，絕少發生；回首看來，董生做了很多平衡工作。

為了法律事務，那些年，常飛台灣。當地律師每每提點我：「小心誰誰誰，他是『綠營』！」另一批會說：「他是『藍營』的，壞人一個！」心想：「出門看天色，入門看面色」，這樣的社會，叫人煩惱不安；幸好，我們的香港，沒有「仙拚仙，害死猴齊天」這現象！

誰料到，二十年後，香港社會因政治而互相隔離，倒打一耙。

以為2019年的動亂過後，社會可以舒一口氣，可惜到了今日，「標籤化」和「排斥派」的糾結，依然車載斗量。

和一個在大學做管理的朋友聊天，他說：「有些年輕人心底裏，仍是對政府深深不忿，趁機便會發難。最可惜是挑選老師時，也往往避不了考慮他們的『政治傾向』，這樣，其實影響學術氣氛。」我笑：「我寫文章，有一次中肯地指出中國的實力，但讀者的留言板，有人詛咒我『生孩子，沒有屁股』；相反，有另一篇文章，勸別人不要隨便移民，又出現另一群讀者『吹雞』，稱讚大快人心。幸好我已經老僧入定，榮辱不驚，否則，文章為了討好粉絲，會變成四不像！」

我是「嘴巴一族」，每天見不同的人，「口水多過茶」；又是「拇指一族」，每天看過百條的手機信息。叔輩當中，總算緊貼時代趨向。

香港人，流行11種「月缺難圓，瓦解星散」的政治標籤，人人掛上一個，有些自己貼上，有些忍淚地被人扣帽子；它們的含

義如下：

① 「藍的」—即支持國家和建制；

② 「紅的」—指有社會主義思想的人；

③ 「黃的」—反政府及社會分子；

④ 「綠的」—對藍的、黃的，都會接受，是中間派；

⑤ 「黃又藍」—形容投機分子，反對或支持政府，在乎哪裏有好處；

⑥ 「淺藍」—溫和建制派；

⑦ 「淺黃」—基本反對政府，但仍顧全大局；

⑧ 「扮藍」—這些人是「黃的」，但是表面裝作建制派的，其實想找好處，或是「無間道」；

⑨ 「扮黃」—這些人狡兔三窟，可能去刺探消息；但有些父母為了討好年輕子女，「扮黃」來和氣一家；

⑩ 「黃忽藍」—這些人也許真心改變，或見勢色不對，易裝而行。某特色女歌手，常這樣被人攻擊。

⑪ 「藍轉黃」—他們說：有些政治「仕途」失意的人，最容易這樣「轉跑道」。

哈！香港萬紫千紅。雖然玫瑰多顏色，但要和諧地種在一起，才出現悅目的「玫瑰園」。

現在，大家在認識一個新朋友，或雙方合作之前，往往先打聽對方的「顏色」，方才安心。商人說：「當然，防人之心不可無！」高官說：「這反映香港政治多元化！」年輕人說：「物以類聚，同聲同氣！」故此，他們拒絕看內地電影，而大力支持「黃氣」演員。政客說：「旗幟鮮明，防止選舉時被『鎅票』！」難怪有些議員天

天引用領導們的金句，深怕「藍不夠紅」。文化人説：「本是同根生，相煎何太急？」LGBTQ 説：「我們只要 rainbow colour ！」

心理學家結論：「人類腦袋喜歡把東西分類，滿足自己的『sense of the world』來 make sense ！」

當歧視非我族類得到支持，人會飄飄然，但是當歧視變了質，便成為迫害別人的系統性武器。

恨海茫茫，夠了，香港人應把小船向岸回頭；心裏多不舒服，要擴闊容忍幅度，擁有澡身浴德的修養，社會才會有安寧。讓我們在未來日子把「標籤」放低。「標籤化」的香港，使每個人好像生活在充滿間諜的危城。世界偉人説得對：「仇恨趕不走仇恨，只有愛，能夠……」

法理上，「疑點利益歸於被告」；讓香港人 start afresh ！

喜見香港青年「窮則變」的 Pareto 法則

莎士比亞説過:「沒有事情是好或壞,看你怎樣想吧!」

我學樣塗抹:「沒有工作是高或低,看你怎樣做吧!」

中國人傳統思想,叫四民做「士」、「農」、「工」、「商」。現今世代,大學教育已成基本;但滿街大學「士」,不值錢,誰人保證你「豐衣足食」?

青年許龍一在高球亞巡賽奪冠,很了不起,是香港之光,愈來愈多香港年輕人,追趕國際級數!電視台有個節目《大牌筵席》,講及兩個從美國大學畢業的兄弟回港後,甘於接手父母在平民區深水埗的大排檔,不怕爐火熱、地方「屈質」,拼命炒好菜,還與時並進,為食檔設計「電腦下單」程式,節目感動人心。最近,有部好電影《窄路微塵》,年輕主角説:「做人,只要咬緊不放,便會捱過!」

對待工作,態度有兩類:第一類叫「搵食格」,第二類叫「鑽研格」。搵食格的人,工作只為了賺錢,每天「求求其其」,還教別人「走精面」。鑽研格的,視工作為學問,從中梳理出智慧。凡第二類人,就算做「粗重」工作,如修理汽車、剪髮、裝修等,都化為一種工作哲學,最終出人頭地。學者張五常把「賣桔」小販的見解,化為經濟學問,1984 年,寫成研究價格理論的文章《賣桔者言》。

看看已故的邵逸夫爵士,1907 年出生的他,少年時,和哥哥

邵仁枚帶着一部破舊的無聲放映機，在南洋鄉村巡迴放映黑白舊片，一步一步，建立了世界知名的「邵氏電影王國」。談起工作，他的哲學只有四個字「努力」和「興趣」。他說：「成功之道最重要是努力，對自己的工作感興趣，運氣只是其次。現在青年人，心很高，學問也很深，但是，不能夠吃苦。」

律師的工作，讓我接觸各行各業，結論是「行行出狀元」，每行，有人成功、有人失敗。以前，常說職業有 72 行，今天，根據《香港標準行業分類》，工作類別加起來，有 1,814 種。行行有人開工、有人失業，成敗在於你能否窮則變、變則通，力撐下去。

2019 年，香港社會動盪不安；2020 年至 2022 年，COVID 病毒肆虐，是二次大戰以來，香港最黑暗的 4 年，有人說：「日子不再愛香港，這城市變成了最熟悉的陌生！」但又有人說：「最困難的時候，都不會缺少機會，悵惘，只因為你坐着等待！」

老朋友見面，常話回望人生，錯失萬遍：「早知道應該怎麼怎麼……」我笑：「『有早知，無乞兒』，但可否有人告訴我：明天，有那些機會 up-and-coming ？」

香港青年協會公佈了「青年價值觀指標 2021」，結果：愈來愈多青年認同職業培訓教育比一般教育重要，就算美國的青年，也覺得學位和「搵工」無關係，而覺得創業比打工好的，更升近 50.7%。

生命的哲學裏，永遠有人樂觀、有人悲觀；「有人辭官歸故里，有人漏夜趕科場」；那裏花開了，這裏便花落了。

你有沒有聽過「Pareto Principle」（二八法則）？世事，約僅有 20% 的因素，影響 80% 的大局，20% 的叫「關鍵的少數」。

社會中，80% 的都是平凡人，態度永遠像鐘擺，「哪裏變壞，便唱壞；哪裏變好，便唱好」。朋友走，他便走；朋友留，他便留；「水滾」，他沖茶、「茶涼」，他「鬥檔」。人力資源當中，80% 是「搵食格」，只有 20% 是上進的「鑽研格」。香港社會的動力，要靠這 20%。

北方人常說：「沒事沒事，行行行！」香港人愛說：「邊度跌倒，邊度企番起身。」我的娘親則話：「大不了重新洗牌，嚟過！」打麻將，一局完了，四人推倒骨牌，擦擦擦，下半場才定生死！

西方，有理論叫「Spiritual Awakening」（靈性覺醒），這方面的工作者 Evelyn 寫道：「覺醒就是『意識拓展的過程』，也有人認為是『當你想要改變生活時』，當你『覺醒』時……你開始探索『你是誰』、『你的靈魂為何』、『你的天賦在哪』……」

我感受到香港的部份年輕人開始 spiritual awakening，他們成為「二八法則」下的關鍵少數，有些不想成為「金錢奴隸」，有些則不肯「躺平」，有些不甘心被命運輾壓；二、三十歲的他們，明白職業再不分貴賤，願意不眠不休，尋找夢想，或安定生計，把過去不快樂，變成動力，不再空談，用生命去實踐。

有些人去了 startup，一個月數千元收入，吃麵包和喝水，又一餐，只想打出一條事業生路。有些去了大灣區，找到科研工作，一天 12 小時躲在實驗室。有些在工廠大廈從事手作業，做皮革小用品、維修樂器。有些進入冷門行業，如通渠、殯儀、古董復修。有些「馬死落地行」，做地盤、搬運。有些承繼家裏的小店，賣魚、賣菜，不再覺得「羞家」。最特別有一個男孩子，天天拍片放上網做小老師。更不要忘記電影界那些不問報酬的「新血」。

香港存款保障委員會調查顯示，大量年輕人「生性」了，加入「儲蓄大軍」，希望給父母多些家用。

這群美哉青年，深懂日子「水浸眼眉」，於是奮發圖強，「補漏趁天晴」。香港的不幸，造就了這批 20% 青年的覺醒，他們回復了本來鬥志，更明白了人生本無 free lunch 的真諦。

世事，存於兩極。一個運行的鐘，力量不會停在中心點；那「鐘擺」，一會兒朝左動，一會兒朝右動，周而復始，來回擺動；生命態度往往是鐘擺，從悲觀到樂觀，從跌倒到站立。而力學中，最厲害的叫「反撞力」，當對象碰撞到東西，它會產生相對的反彈動力。人，遇到挫折，更要加倍努力！年輕人，當「鐘擺力」加上了「反撞力」，一定會為香港的將來，帶出正向的「萬有引力」！

支持年輕人，相信年輕人，多些人放棄既有利益和觀念，伸手協助他們接入「軌道」，讓青春的力量灑滿太平山頂！

公園的梨花落盡，別怕⋯⋯月又西。

www.cosmosbooks.com.hk

書　　名	佬文青：懶得唏噓
作　　者	李偉民
責任編輯	王穎嫻
封面設計	Johnny Chan
美術編輯	蔡學彰
出　　版	天地圖書有限公司
	香港黃竹坑道46號新興工業大廈11樓（總寫字樓）
	電話：2528 3671　傳真：2865 2609
	香港灣仔莊士敦道30號地庫（門市部）
	電話：2865 0708　傳真：2861 1541
印　　刷	亨泰印刷有限公司
	柴灣利眾街27號德景工業大廈10字樓
	電話：2896 3687　傳真：2558 1902
發　　行	聯合新零售（香港）有限公司
	香港新界荃灣德士古道220-248號荃灣工業中心16樓
	電話：2150 2100　傳真：2407 3062
出版日期	2023年7月／初版